Der
Dreieck-Schlitzer

Juergen von Rehberg

Der
Dreieck-Schlitzer

Bibliografische Information der Deutschen National-bibliothek:
Die Deutsche Nationalbibliothek verzeichnet diese Publikation in der Deutschen Nationalbibliografie; detaillierte bibliografische Daten sind im Internet über http://dnb.dnb.de abrufbar.

Herstellung und Verlag: BoD – Books on Demand, Norderstedt

ISBN: 978-3-7528-4672-0

Das erfolgreichste Trio in der Landespolizeidirektion bestand aus ChefInsp Christian „Chris" Jäger, BezInsp Paulus „Pauli" Obermann und BezInsp Stephanie „Fanni" Herzog.

Christian Jäger, ob seines Namens auch scherzhaft gern einmal „Hunter" genannt, in Anlehnung an eine amerikanische Krimi-TV-Serie, klopfte an die Tür von Brigadier Mag. Erwin Holderbaum und betrat nach einem kurzen *„Herein!"* das Zimmer seines Chefs.

„Du hast mich rufen lassen?", fragte ChefInsp Jäger und nahm unaufgefordert vor dem Schreibtisch seines Chefs Platz.

„Setz dich doch bitte, mein Junge", sagte der Leiter der Dienststelle lächelnd, der sich mit der flapsigen Art seines Neffen schon längst abgefunden hatte.

Christian Jäger war der Sohn seiner Schwester Eva, die mit Christians Vater verheiratet war. Erich Jäger, ebenfalls Polizeibeamter, war vor zwölf Jahren im Dienst erschossen worden.

Erwin Holderbaum, damals noch Bezirkshauptmann, kümmerte sich nach dem tragischen Tod seines Schwagers um seine Schwester und den damals noch kleinen Christian.

Er unterstützte ihn auch, als er – gegen den heftigen Widerstand seiner Mutter – in den Polizeidienst eintrat. Und für Christian war Onkel Erwin fortan Vaterersatz und großes Vorbild.

„*Wie geht es Jutta und der kleinen Petra?*", fragte Erwin Holderbaum, und Christian antwortete:

„*Danke, gut, Onkel Erwin; aber deswegen hast du mich sicher nicht rufen lassen.*"

„*Ich darf mich doch nach meiner Lieblingsnichte und dem kleinen Sonnenschein erkundigen, Chefinspektor Jäger*", erwiderte Erwin Holderbaum, „*oder spricht etwas dagegen?*"

„*Natürlich nicht, Herr Magister*", antwortete Christian Jäger lachend, „*aber sag schon, warum hast du mich wirklich rufen lassen?*"

„*Es ist schrecklich mit euch jungen Leuten*", antwortete Erwin Holderbaum, „*ihr habt einfach keine Geduld.*"

Erwin Holderbaum schaute seinen Neffen an. Er war stolz auf den Burschen, der eine blitzsaubere Karriere hingelegt hatte und das ohne seine Protektion.

Es gab sicher nicht viele Polizisten, die es mit 26 Jahren schon zum Chefinspektor gebracht hatten. Und das war ganz bestimmt noch nicht das Karriereende.

„*Ist das <Dreamteam Hunter> einsatzbereit?*"

Christian Jäger war nicht wirklich überrascht, als er die Frage seines Onkels hörte.

Sein Spitzname „Hunter" war allbekannt und machte auch nicht vor seinem Onkel halt. Und die Bezeichnung „Dream-Team" stammte sogar von ihm.

Die Aufklärungsquote von Christian Jäger und seinen beiden Mitstreitern Paul Obermann und Stephanie Herzog war beeindruckend, und hatte schon einige Neider auf den Plan gerufen.

„Allzeit bereit, Onkel Erwin", antwortete Christian Jäger und hob seine rechte Hand zum Pfadfindergruß auf Schulterhöhe.

Erwin Holderbaum hatte – nach dem Tod seines Schwagers – seiner Schwester nahegelegt, ihren Sohn Christian, der den Tod seines Vaters nicht zulassen wollte, zu den Pfadfindern zu schicken.

Anfänglich dagegen, musste Eva Jäger schon sehr bald erkennen, dass dies eine richtige und ebenso sinnvolle Entscheidung war. Christian war in Strukturen eingebunden und ging in der Gemeinschaft voll auf.

Onkel Erwin erwiderte den Gruß, der ihm durchaus geläufig war. Er war selbst dabei und schied aus, als er ein „Ranger" war. Danach begann er eine Ausbildung bei der Polizei.

„Ich habe einen speziellen Fall für dich und dein Team", sagte Erwin Holderbaum, und bevor er weitersprechen konnte, sage Christian Jäger spontan:

„Der Dreieck-Schlitzer".

„Ja", antwortete Erwin Holderbaum, dem diese Bezeichnung nicht sehr gefiel, die er aber tolerierte.

„*Mach dich sofort daran*", fuhr Erwin Holderbaum fort, „*ich bekomme schon mächtig Druck von ganz oben.*"

„*Wie das?*", fragte Christian Jäger.

„*Das Opfer ist Marianne Ziegler, die Tochter des Ministers.*"

„*Ja, dann…*", sagte Christian Jäger lapidar, der Probleme mit Obrigkeiten hatte, die ihren Stand dazu ausnutzten, um sich eine Bevorzugung zu verschaffen.

„*Mach es einfach, Burli*", sagte Onkel Erwin, und Christian Jäger musste lächeln. So hatte ihn sein Onkel seit Ewigkeiten nicht mehr genannt.

Die Mutter tat es hin und wieder und das, obwohl Christian sie immer wieder einmal gebeten hatte es zu unterlassen. Gewirkt hatte es jedoch nie.

„*Ich kümmere mich darum*", sagte Christian Jäger und verabschiedete sich von seinem Onkel Erwin, den er außerhalb dieses Zimmers, in den restlichen Diensträumen des Gebäudes, stets respektvoll mit „Herr Magister" ansprach.

*****

Als ChefInsp Jäger mit seinen beiden Kollegen wenig später den Pathologen aufsuchten, wurden sie überrascht.

Anstelle des alten Dr. Zieselmann, empfing sie ein eher kleinerer Mann, vom Alter her nur schwer einzuschätzen, mit den Worten:

„Mag. Holderbaum hat Sie schon avisiert.“

ChefInsp Jäger betrachtete den Mann mit einem gewissen Argwohn, hatte er doch seinen Onkel Erwin gerade in einer eher despektierlicheren Art benannt.

„Und wer sind Sie?“, fragte Christian Jäger in einem leicht aggressiven Tonfall, *„und wo ist Dr. Zieselmann?“*

„Letzteres vermag ich nicht zu beantworten“, erwiderte der kleine Mann in sachlichem Ton, *„und was meine Person betrifft, so darf ich mich vorstellen:*

Ich heiße Dr. Dr. Michael Winter und bin ab heute der Pathologe in diesem Institut.“

Die drei Kriminalisten sahen einander erstaunt an, und der BezInsp Paulus Obermann fragte sich gerade, wozu ein Mensch zwei Doktortitel braucht.

Als könnte der Pathologe Gedanken lesen, sagte er nicht ohne einen gewissen Stolz:

„*Der zweite Doktortitel steht für <Doktor der Philosophie>, und wofür der erste Titel steht, ist ja wohl offensichtlich.*"

„*Zeigen Sie uns bitte die Leiche von Marianne Ziegler*", sagte ChefInsp Jäger im selben Tonfall, wie zuvor. Seine Aversion wider diesen Menschen hatte gerade noch etwas zugenommen.

„*Wollen Sie nicht zuerst sich und Ihre Begleitung vorstellen?*", fragte Dr. Dr. Winter mit einem Lächeln, welches ihn die letzten Sympathien kostete, sollten je welche vorhanden gewesen sein.

„*Ich bin Chefinspektor Jäger, und das sind die Bezirksinspektoren Obermann und Herzog*", sagte Christian Jäger, „*und jetzt zu der Leiche, wenn ich bitten darf.*"

„*Sie dürfen, mein Lieber*", erwiderte der Pathologe, und bevor Christian Jäger sich diese Bezeichnung verbitten konnte, bedeutete er den drei Kriminalisten mit einer Handbewegung ihm zu folgen.

Dann zog er aus einem Kühlfach die Leiche der jungen Frau heraus, an deren rechten Großzehe ein Schildchen hing mit der Aufschrift: „*Marianne Ziegler*".

„*Voilà, hier ist das gewünschte Objekt.*"

„*Was ist das denn?*", fragte BezInsp Herzog und deutete auf die linke Brust der Toten.

„Das, meine Liebe", antwortete Dr. Dr. Winter, *„das ist deutlich erkennbar ein Dreieck."*

„Ich weiß, Herr Doktor", antwortete Stephanie Herzog, *„weil es nicht rund ist; denn sonst wäre es ja ein Kreis."*

Stephanie Herzog war nicht auf den Mund gefallen, und das war schon mehrmals hinderlich im Bezug auf ihre Karriere. Sie war um einiges älter als Christian, und eigentlich müsste sie schon ChefInsp sein, wäre das nicht das besagte lose Mundwerk.

Paulus Obermann erschrak. Er war erst vor kurzem in Christians Abteilung gekommen und kannte seine ältere Kollegin noch nicht gut.

Christian lächelte. Er sah zu Stephanie und nickte ihr zu, als kleiner Beweis seiner Dankbarkeit.

BezInsp Herzog nickte zurück. Hatte sie anfänglich noch etwas geschmollt, als ihr der wesentlich jüngere Kollege vor die Nase gesetzt worden war, so waren sie inzwischen doch gute Freunde geworden.

„Also was ist jetzt mit dem Dreieck, Herr Dr. Doktor?", fuhr Stephanie fort, *„was können Sie uns dazu sagen?"*

Jetzt zuckte sogar Christian leicht zusammen. Stephanie drohte gerade den Bogen etwas zu überspannen.

Der Pathologe sah sie an, und alle im Raum Anwesenden harrten der Dinge, die da jetzt kommen würden.

„Das Dreieck wurde mit einem Messer flach in die Haut geritzt", überspielte der Pathologe die Situation in betont lässiger Art, denn in seinem Innersten brodelte es gewaltig, was sein gerötetes Gesicht erkennen ließ.

„Es dürfte sich wahrscheinlich um ein mittelgroßes Küchenmesser handeln; aber das muss ich erst noch genauer untersuchen."

„War das die Todesart?", meldete sich jetzt Paulus Obermann zu Wort.

„Nein, dazu war die Messerführung nicht tief genug", antwortete der Pathologe, der sich nun in sachlicher Weise zu der Toten äußerte. Vermutlich hatte er keine Lust mehr sich weiteren verbalen Angriffen von BezInsp Herzog auszusetzen.

„Letal war ein Stich ins Herz des Opfers, zentral in der Mitte des Dreiecks ausgeführt."

„Mit dem selben Messer?", fragte Paulus Obermann, was einen vorwurfsvollen Blick seiner beiden Kollegen nach sich zog.

„Dazu ist die Einstichstelle doch viel zu fein, Pauli", sagte Christian, *„siehst du das nicht?"*

„*Ich habe es nicht klar erkennen können*", versuchte sich Paulus herauszuwinden, dem es gerade sehr peinlich war, dass ihn sein Kollege vor dem Pathologen mit seinem Spitznamen „Pauli" angesprochen hatte.

Es hatte sich eingebürgert, dass die drei Kriminalisten sich untereinander mit „Chris", „Fanni" und „Pauli" anredeten, zumal ihre normalen Vornamen sich wunderbar dazu anboten.

Aber gerade eben - vor dem Herrn Dr. Dr. – fand das Paulus nicht so prickelnd. Er dokumentierte das auch mit einem vorwurfsvollen Blick zu Christian, der diesen aber nur leicht streifte.

„*Ob Stilett oder eine Stricknadel, das muss ich erst noch herausfinden*", sagte der Pathologe, „*ich habe die Leiche noch nicht lange auf dem Tisch.*"

„*Dann geben Sie mal ordentlich Gas, Herr Doktor*", sagte ChefInsp Jäger. „*Der Herr Magister Holderbaum wird Ihnen ja gesagt habe, um wen es sich bei der Leiche handelt.*"

„*Und wenn diese Dame die Königin von Saba wäre, so würde es trotzdem die Zeit in Anspruch nehmen, die es braucht, um ein seriöses Untersuchungsergebnis zu erstellen*", antwortete der Pathologe in seiner ursprünglichen, überheblichen Art, zu welcher er gerade zurückgekehrt war.

*****

„*Was für ein Kotzbrocken*", zischte Fanni Herzog, „*ich will mein <Zieselmännchen> wiederhaben.*"

„*Ich fürchte, das wird nicht möglich sein*", sagte Chris Jäger, „*der kommt nicht wieder.*"

„*Wieso bist du dir so sicher?*", fragte Fanni.

„*Weil ich es weiß*", antwortete Chris, „*ich habe es vergessen euch zu sagen, tut mir leid. Dr. Zieselmann ist in Pension gegangen. Er wollte keinen großen Abgang. Er wird sich demnächst mit uns drei zu einem Abendessen treffen. Den genauen Zeitpunkt will er mir noch mitteilen.*"

„*Heißt das, wir müssen künftig mit diesem Zwerg zusammenarbeiten?*", fragte Fanni in Anspielung auf die Körpergröße des Pathologen.

„*Ja*", antwortete Chris, „*das heißt es wohl. Wir werden uns schon an ihn gewöhnen.*"

„*Ihr vielleicht*", erwiderte Fanni, „*ich niemals!*"

Fanni hatte zu Dr. Zieselmann eine ganz besondere Beziehung. Er hatte ihr einmal quasi das Leben gerettet, als er rechtzeitig einen drohenden Blinddarmdurchbruch erkannte, und sie umgehend ins Spital gebracht hatte.

„*Also Dream-Team, an die Arbeit!*"

Mit diesen Worten beendete Chris die leidige Diskussion um den neuen Pathologen.

„*Die Kernfrage ist doch, hat das Dreieck etwas zu bedeuten, und wenn ja, was?*", eröffnete Chris die Untersuchung im Mordfall „Marianne Ziegler".

„*Ich habe mich schon schlau gemacht*", sagte Pauli. „*Es gibt eine allgemeine und eine psychologische Bedeutung.*"

„*In unserem Fall gehe ich eher von einem psychisch gestörten Täter aus*", sagte Chris, „*also was kannst du uns dazu sagen?*"

„*Das Dreieck ist ein Symbol der Weiblichkeit. Und weil es auf der Spitze steht, symbolisiert es die Umrisse einer natürlichen Schambehaarung und wird daher mit der Vagina assoziiert.*"

Pauli genoss seinen Auftritt, und er schaute erwartungsvoll in die Gesichter seiner Kollegen. Statt der erwarteten lobenden Worten fragte Chris:

„*Heißt das es macht einen Unterschied, wie herum das Dreieck steht?*"

Und noch bevor Pauli weitere Wissensergüsse von sich geben konnte, fuhr Chris fort:

„*Ist ja auch egal, es steht nun einmal auf der Spitze, und das allein ist wichtig für uns.*"

Und zum großen Erstaunen von Pauli, setzte Chris nach:

„*Gute Arbeit, Pauli!*"

„*Also gehen wir von einem Psychopathen als Mörder aus*", sagte Pauli.

„*Oder von einer Psychopathin*", warf Fanni ein.

Chris sah seine Kollegin erstaunt an und fragte:

„*Glaubst du wirklich, dass eine Frau als Täter in Frage kommen könnte?*"

„*Warum nicht*", antwortete Fanni. „*Frauen sind doch zu allem fähig; glaubst du nicht auch?*"

Chris ließ diese Frage unbeantwortet. Stattdessen sagte er:

„*Dann wird es wohl Zeit, dass wir das Umfeld der Toten abklopfen.*"

„*Und wo fangen wir an?*", fragte Pauli.

„*Ich denke, bei ihren Eltern*", antwortete Chris.

„*Du willst mit dem Minister reden?*", fragte Pauli, „*bekommen wir da so ohne weiteres einen Termin?*"

„*So ohne weiteres wohl kaum*", sagte Fanni, „*aber wir werden das Kind schon schaukeln.*"

Was es mit dieser Bemerkung auf sich hatte, sollte Pauli schon sehr bald erfahren.

*****

„*Haben Sie einen Termin?* ", fragte die Sekretärin des Ministers, als ChefInsp Jäger ihr seinen Dienstausweis vorzeigte.

„*Nein, verehrtes Fräulein* ", antwortete Chris mit einem feinen Grinsen, „*den brauchen wir nicht.* "

Hätte sich der ChefInsp die Bemerkung mit dem „*verehrten Fräulein* " verkniffen, hätte er vielleicht etwas erreicht.

Aber so lehnte der Zerberus im fortgeschrittenen Alter, mit der Aussicht auf einen baldigen Ruhestand, sein Ansuchen mit den schroffen Worten ab:

„*Sie brauchen sehr wohl einen Termin beim Herrn Minister, verehrter Herr. Oder glauben Sie, er kann für jeden dahergelaufenen Wachtmeister seine kostbare Zeit verschwenden?* "

Das war das Signal für BezInsp Stephanie Herzog. Sie ging mit schnellem Schritt an der Sekretärin vorbei, und ruck, zuck stand sie im Zimmer des Herrn Minister.

„*Interessiert es Sie nicht, was mit Ihrer Tochter geschehen ist, und wer diese grausame Tat begangen hat?*

Ich bin selbst Mutter von drei Kindern, und ich würde alles daransetzen, damit diese Tat gesühnt wird. "

Ein anwesender Mitarbeiter wollte Fanni schon am Arm nehmen, um sie aus dem Zimmer hinaus zu bugsieren, als der Minister ihn zurückpfiff und Fanni fragte:

„Wer sind Sie und was wollen Sie?"

Fanni zückte ihren Dienstausweis und antwortete:

„Ich bin Bezirksinspektor Stephanie Herzog. Meine beiden Kollegen und ich sind mit der Aufklärung des Mordes an Ihrer Tochter Marianne Ziegler beauftragt."

Während der BezInsp Julius Obermann an der Türschwelle verharrte, war ChefInsp Jäger seiner aufgebrachten Kollegin nachgeeilt, um Schadensbegrenzung zu betreiben.

„Bitte, entschuldigen Sie das Auftreten meiner übereifrigen Kollegin", sagte Chris Jäger und belegte dabei Fanni Herzog mit einem strafenden Blick.

„Und wer sind Sie?", fragte der Minister sichtlich verwirrt.

„Das ist mein Boss, der Chefinspektor Christian Jäger", übernahm Fanni die Beantwortung der Frage und ergänzte:

„Und der dort bei der Tür, das ist der Kollege Paulus Obermann, Bezirksinspektor wie ich."

„*Dann kommen Sie ruhig näher, junger Mann*", sagte der Minister, „*dann muss ich nicht so laut reden.*"

Und zu ChefInsp Jäger gewandt:

„*Ich wollte, ich hätte mehr Mitarbeiter, wie Ihre übereifrige Kollegin. Manchmal muss man unkonventionelle Wege gehen, um ans Ziel zu kommen.*"

Und als er dann noch zu seiner Sekretärin sagte, sie möge die Tür schließen und keine Anrufe mehr durchstellen, brach für diese eine Welt zusammen.

„*Darf ich Ihnen etwas zu trinken anbieten?*", fragte der Minister, und Chris Jäger, wie wohl auch seine beiden Mitarbeiter, waren gerade dabei ihr bisheriges Weltbild – in Bezug auf Politiker – etwas geradezurücken.

Die drei Kriminalisten lehnten dankend ab, und dann begann Chris mit der Befragung.

„*Wann haben Sie oder Ihre Gattin Marianne zum letzten Mal gesehen?*"

„*Das ist sehr lange her*", antwortete der Minister, „*es muss wohl bei der Beerdigung meiner Gattin Johanna gewesen sein. Also etwa vor einem halben Jahr.*"

Die drei Kriminalisten sahen einander bestürzt an. Keiner von ihnen hatte den Tod der Ministergattin auf dem Schirm.

„Verzeihen Sie bitte, Herr Minister, das wussten wir nicht. Es tut uns sehr leid."

Es war Fanni, welche die peinliche Situation auf-löste. Es war ihr, wie auch ihren beiden Kollegen, völlig unverständlich, wie ihnen das entgangen sein konnte.

Dem Minister dürfte die Verunsicherung seiner Besucher aufgefallen sein, denn er sagte:

„Es wussten nur wenige Menschen vom Ableben meiner Gattin, und ich habe damals die Presse gebe-ten von einem Publikmachen abzusehen."

„Hat Ihre Tochter bei Ihnen gelebt?", nahm Chris Jäger die Befragung wieder auf.

„Nein, sie lebte in einer WG", antwortete der Mi-nister.

„Haben Sie eine Adresse?", fragte Chris Jäger.

„Ja", antwortete der Minister und nahm einen Zettel, um die Adresse darauf zu notieren.

„Haben Sie Feinde, Herr Minister?"

Dieser verbale Hüftschuss kam von Fanni. Der Minister sah sie kurz an und antwortete dann lächelnd:

„Ist der Pabst katholisch?"

Diese Antwort verblüffte selbst Fanni. Sie fragte sich, wie sehr oder wie wenig der Minister vom Tod seiner Tochter betroffen sein mochte.

Vielleicht war er durch den Tod seiner Gattin ganz einfach nur abgestumpft und ließ nichts mehr nah an sich heran.

„Ich habe meine Gattin geliebt, und ich habe meine Tochter geliebt. Meine Gattin wurde mir von Gott genommen, und meine Tochter von einem Mörder.

Und jedes Mal ist ein Teil von mir mitgestorben. Aber wie Sie sehen, funktioniere ich trotzdem. Bin ich jetzt ein Monster in Ihren Augen?"

„Nein, Herr Minister", antwortete Fanni, *„Sie sind ein armer Mann, und Sie tun mir sehr leid."*

Es folgte ein längerer Moment des Schweigens. Fanni sah, dass der Minister Tränen in den Augen hatte, und sie wäre am liebsten aufgestanden, um den Mann in ihren Arm zu nehmen.

„Gibt es Drohbriefe?", unterbrach Chris Jäger das Schweigen.

„Eine ganze Mappe voll", antwortete der Minister, *„meine Sekretärin wird Ihnen Kopien davon anfertigen."*

Kurz darauf war das Gespräch beendet, und die drei Kriminalisten verabschiedeten sich.

Als der Minister Fanni die Hand gab, hielt er diese lange fest. Er schaute sie an, und seine Augen sagten Worte, die sich tief in Fannis Seele einbrannten.

Zuvor hatte Chris Jäger den Minister darum gebeten zeitnah in die Pathologie zu kommen, um den Leichnam zu identifizieren.

*****

„Habt ihr euch schon die Drohbriefe angeschaut?", fragte Chris seinen Kollegen am nächsten Morgen, und Pauli antwortete:

„Ja, und ich glaube, ich habe auch etwas gefunden."

„Dann lass einmal sehen", sagte Chris und schaute auf den Bildschirm von Paulis Rechner.

„Herbert Palmers, 58 Jahre alt, verheiratet, keine Kinder. Ist in Frühpension, weil er Lungenkrebs hat."

„Armer Teufel", sagte Chris, *„was liegt gegen ihn vor?"*

„Er prozessiert schon seit Jahren gegen den Staat, weil auf dem Grundstück, auf dem er gebaut hat, nachweislich Giftstoffentsorgung stattgefunden hat."

„Das ist alles?", fragte Chris.

„Nicht ganz", antwortete Pauli, „es heißt, der Minister habe damals seine Finger im Spiel gehabt."

„Unser Minister?", fragte Chris.

„Ja", antwortete Pauli, „es geht um Bestechungsgelder, die angeblich geflossen sein sollen."

„Und wo liegt jetzt da die Bedrohung für den Minister?", fragte Chris weiter.

„Herbert Palmers hat den Minister mehrmals bedroht, und das sogar öffentlich", antwortete Pauli.

„Wie das?", fragte Chris.

„Es war bei einer Veranstaltung", antwortete Pauli, „da hat ihn Herbert Palmers als <Schwein> beschimpft und einen Farbbeutel nach ihm geworfen."

„Und hat er getroffen?", fragte Chris, dem das bisher von Pauli Geschilderte nicht ausreichend genug schien, um aus dem Todkranken einen potentiellen Mörder zu machen.

„Dann ist da noch der Brief, den er an den Minister geschickt hat", sagte Pauli und reichte seinem Chef die Kopie eines Drohbriefes.

„Du sollst verrecken, du elendes Schwein", las Chris laut vor, „ich bringe dich um; ich habe nichts mehr zu verlieren."

„*Und der ist ganz sicher von Herbert Palmers?*", fragte Chris, dessen Interesse gerade sprunghaft zugenommen hatte.

„*Ganz sicher*", antwortete Pauli, „*die Kriminaltechnik hat ihn bereits überprüft und mit vorhandenen Dokumenten aus unseren Unterlagen verglichen. Herbert Palmers ist unser Mann.*"

„*Sachte, sachte, Herr Kollege*", sagte Chris Jäger. „*Wieso hat sich Palmers an der Tochter vergriffen, und nicht an dem Minister selbst?*"

„*Weil er an sie leichter herankommen konnte, als an den Minister zum Beispiel. Oder weil er sich für seine eigene Tochter rächen wollte.*"

„*Das verstehe ich jetzt nicht*", sagte Chris, „*was hat die Tochter von Palmers damit zu tun?*"

Pauli machte eine bedeutungsvolle Pause, bevor er antwortete. Er genoss gerade ein wohliges Hochgefühl, das von ihm Besitz genommen hatte.

„*Miriam Palmers, die Tochter von Herbert Palmers, ist an Lungenkrebs gestorben. Und das obwohl sie nie geraucht hat.*"

Pauli Obermann, BezInsp und Mitglied im Dream-Team „Hunter", hatte diese Worte förmlich zelebriert, und er wartete nun auf die Reaktion seines Vorgesetzten.

„*Das ändert natürlich alles*", sagte Chris fast tonlos und setzte sich nieder.

Pauli nützte die Gunst der Stunde, um eine Frage loszuwerden, die ihm auf der Seele brannte.

„*Ich habe gar nicht gewusst, dass Fanni drei Kinder hat. Wie alt sind die denn, und gibt es auch einen Vater?*"

„*Fanni hat keine Kinder, du Dummkopf*", antwortete Chris fast ein wenig zornig, und Fanni, die gerade bei der Tür hereingekommen war, fügte noch hinzu:

„*Eigentlich könntest du wissen, dass Kinder immer einen Vater haben; auch wenn es sie gar nicht gibt.*"

Pauli Obermann befand sich gerade in einem Gefühlsmix von Unverständnis und Peinlichkeit. Dennoch wagte er einen letzten Versuch:

„*Ich habe doch deutlich gehört, wie du beim Minister gesagt hast, dass du drei Kinder hast.*"

„*Du darfst nicht alles glauben, was man dir sagt oder was du hörst*", antwortete Fanni, „*die Menschen sind ja so verlogen.*"

Dann warf sie Chris einen Bericht auf den Schreibtisch mit den Worten:

„*Eine sehr interessante Lektüre unseres Herrn Dr. Dr. Michael Zwerg Winter.*"

„Dann lass einmal sehen", sagte Chris und sah sich den Bericht an.

„Todesursache ist ein im Körper nachgewiesenes Gift. Der Stich in die linke Herzkammer ist dem Opfer postmortal zugefügt worden."

„Das macht doch keinen Sinn", sagte Pauli, der sich wieder gefangen hatte, *„wozu der Stich ins Herz, wenn die Frau schon tot war?"*

„Genau das müssen wir herausfinden", antwortete Chris, und zu Fanni gewandt:

„Pauli hat etwas Interessantes herausgefunden; lass es dir von ihm zeigen. Ich habe noch etwas zu erledigen."

Chris ging in Richtung Tür und drehte sich dann noch einmal kurz um.

„Das war sehr gute Arbeit, Pauli."

Pauli strahlte über das ganze Gesicht, als er diese Worte vernahm. Sein Selbstwertgefühl, welches kurzzeitig aus der Balance geraten zu sein schien, hatte gerade zur alten Stärke zurückgefunden.

*****

„Guten Tag und vielen Dank, dass Sie sich für unsere Befragung zur Verfügung stellen. Mein Name ist Chefinspektor Jäger, und das ist meine Kollegin, Bezirksinspektor Herzog.

Wie Sie ja wissen, handelt es sich um Ihre Mitbewohnerin Marianne Ziegler, die auf grausame Art ermordet wurde.“

ChefInsp Jäger war mit BezInsp Herzog in die WG gefahren, in welcher das Mordopfer gewohnt hatte. Sie hatten ihren Besuch am Tag zuvor telefonisch avisiert und darum gebeten, dass alle Mitbewohner anwesend sein mögen.

„War eine oder einer von Ihnen mit Marianne Ziegler näher befreundet?“, fragte Chris Jäger, und die Blicke der Anwesenden bündelten sich auf eine androgyne, junge Frau.

„Ja, ich“, antwortete die junge Frau zaghaft, die sich wie ein scheues Reh in die Ecke gedrängt fühlte.

„Wie heißen Sie?“, fragte Fanni Herzog, und die junge Frau antwortete:

„Birgit Hausner, Frau Bezirksinspektor.“

„Sagen Sie einfach nur <Fanni> zu mir“, antwortete Fanni, um ein Vertrauensverhältnis zu der Befragten aufzubauen. Fanni machte einen Blick in Richtung Balkon, auf welchen eine Tür des Zimmers hinausführte, und sagte zu Birgit Hausner:

„*Ich hätte Lust eine zu rauchen. Würdest du mich vielleicht hinaus auf den Balkon begleiten?*"

„*Ja, gern*", antwortete Birgit Hausner, denn die Möglichkeit der Enge des Raumes und den Blicken der anderen entfliehen zu können, kam ihr sehr entgegen.

Fanni reichte Birgit die Zigarettenschachtel, und Birgit bediente sich. Nach ein paar Minuten des Schweigens sagte Fanni:

„*Du und Marianne standet euch wohl sehr nahe.*"

Birgit nickte als Zeichen der Zustimmung, denn das Sprechen fiel ihr gerade sehr schwer.

„*Ward ihr ein Liebespaar?*", fragte Fanni, und als Birgit nicht gleich darauf antwortete, fügte Fanni hinzu:

„*Ich bin selbst lesbisch; also keine Angst. Ich werde auch mit ihren Freunden nicht darüber reden.*"

Birgit musste lächeln. Sie sah Fanni an und erwiderte:

„*Ja, ich bin lesbisch - im Gegensatz zu Ihnen, und meine Freunde wissen, dass Marianne und ich ein Paar waren.*"

Fanni musste jetzt ebenfalls lächeln. Die junge Frau gefiel ihr.

„Wieso bist du so sicher, dass ich nicht lesbisch bin?", fragte sie dann, und Birgit antwortete:

„Ganz einfach, weil ich das spüre."

„Es tut mir sehr leid für dich, dass du deinen Schatz verloren hast", sagte Fanni, „und das meine ich jetzt ganz ehrlich."

„Das ist sehr lieb von Ihnen; vielen Dank", erwiderte Birgit. „Bitte, finden Sie den Menschen, der das getan hat."

„Ich werde alles daransetzen, das verspreche ich dir", antwortete Fanni, „aber jetzt muss ich dir noch ein paar Fragen stellen."

„Fragen Sie", antwortete Birgit, „ich werde Ihnen alles sagen, was ich weiß."

Fanni zweifelte nicht einen einzigen Augenblick an der Aufrichtigkeit dieser jungen Frau, zu der sie sich gerade sehr hingezogen fühlte.

„Ich muss wohl meine sexuellen Präferenzen neu überdenken", schoss es Fanni durch den Kopf, und dann begann sie ihre Fragen zu stellen.

„Wann hast du Marianne das letzte Mal gesehen?"

„Das war am Freitag an der Uni", antwortete Birgit, und Fanni fragte weiter:

„Also einen Tag vor dem Mord?"

„Ja", antwortete Birgit und begann zu weinen.

Fanni nahm das zierliche Mädchen in den Arm, um sie zu trösten.

„Das ist jetzt sicher nicht leicht für dich, und es tut mir auch leid. Aber ich muss dir diese Fragen stellen."

„Ist schon in Ordnung", sagte Birgit und wischte ihre Tränen ab. *„Es geht schon wieder."*

„Hast du versucht Marianne zu erreichen?", fragte Fanni.

„Mehrmals sogar", antwortete Birgit, *„aber es war immer nur die Mailbox dran."*

„Hast du nicht daran gedacht zur Polizei zu gehen, als Marianne am nächsten Morgen noch immer nicht da war?", fragte Fanni.

„Ich war bei der Polizei", antwortete Birgit, *„aber die haben mich wieder weggeschickt, weil noch zu wenig Zeit vergangen war seit Mariannes Verschwinden, um eine Fahndung einzuleiten."*

„Hier hast du meine Karte", beendete Fanni die Befragung, *„und wenn dir noch etwas einfällt, dann rufst du mich an."*

Danach gingen sie zurück zu den anderen. Chris war mit seiner Befragung auch schon ziemlich am Ende.

Als sie wenig später zum Auto gingen, kam ihnen einer der Befragten nach, um sie aufzuhalten.

„Ich wollte vorhin vor den anderen nichts sagen; aber ich denke, sie sollten das wissen", sagte er in einer konspirativ anmutenden Art.

„Was sollten wir wissen?", fragte Chris. *„Sie sind Sven Dietrich, richtig?"*

„Ja, Herr Kommissar", antwortete der junge Mann und fuhr fort:

„Marianne und Birgit hatten einen heftigen Streit."

„Und wann war der, und um was ging es?", fragte jetzt Fanni etwas aufgeregt.

„Am Donnerstagabend, so um Mitternacht herum", antwortete Sven Dietrich.

„Konnten Sie verstehen, um was es dabei ging?", fragte jetzt wieder Chris.

„Um irgendeinen Kerl, glaube ich", antwortete Sven Dietrich, *„auf jeden Fall war es recht hitzig."*

„Ist das alles?", fragte jetzt wieder Fanni.

„Ich hörte noch, wie Birgit sagte: Wenn du mich verlässt, bringe ich mich um", antwortete der Befragte.

„Sagte Birgit <bringe ich mich um> oder könnte es auch geheißen haben <bringe ich dich um>", fragte Chris und sah den jungen Mann eindringlich an dabei.

„Überlegen Sie ganz genau", ergänzte Chris seine Frage, „es ist sehr wichtig."

„Jetzt haben Sie mich verunsichert", sagte Sven Dietrich.

„Dann denken Sie noch einmal nach", insistierte Chris, „könnte es nicht auch geheißen haben: Dann bringe ich dich um?"

Sven Dietrich überlegte eine Weile, bevor er sagte:

„Ich kann es zumindest nicht mehr ausschließen."

„Kommen Sie morgen auf die Dienststelle und geben Ihre Aussage zu Protokoll, und vielen Dank!"

Als sie ein Stück weit gefahren waren, sagte Chris zu Fanni:

„Du bist so still. Ist etwas mit dir?"

„Ich habe mich mit Birgit lange und gut unterhalten. Was der Bursche vorhin gesagt hat, passt irgendwie nicht zu dem Bild, das ich von der jungen Frau gewonnen habe."

„Waren die beiden ein Paar, Marianne und Birgit?", fragte Chris, was für ihn nach der Aussage von Sven Dietrich auf der Hand lag.

„Ja", antwortete Fanni. „Und ich glaube, sie waren ein glückliches Paar. Birgit hat sehr offen darüber mit mir gesprochen."

„Wir werden sie morgen mit der Aussage von Sven Dietrich konfrontieren und dann wird sich zeigen, was davon zu halten ist. Aber jetzt machen wir erst einmal Feierabend."

*****

„Hallo Birgit, schön dass du gekommen bist. Es haben sich noch weitere Fragen ergeben."

Mit diesen Worten begrüßte Fanni ihre Besucherin.

„Meinen Kollegen, den Chefinspektor Jäger kennst du ja bereits.

Chris begrüßte Birgit ebenfalls mit einem Handschlag.

„Als wir gestern die WG verlassen haben, ist uns einer Ihr Mitbewohner nachgeeilt und hat uns eine *interessante Geschichte erzählt"*, begann Chris die Befragung.

Nachdem Birgit keine Reaktion darauf zeigte, fuhr Chris fort:

„Dieser Jemand behauptete Sie bei einem Streit mit Marianne belauscht zu haben."

„Wann soll das gewesen sein?", fragte jetzt Birgit.

„In der Nacht von Donnerstag auf Freitag", antwortete Chris.

„Und hat Ihnen Sven auch gesagt, was er gehört hat?", fragte Birgit.

„Sie wissen also, dass Sven der Informant ist", erwiderte Chris, *„und Sie geben damit indirekt auch zu, dass es diesen Streit gab."*

„Es war kein Streit", entgegnete Birgit.

„Was war es dann?", fragte Chris.

„Es war ein wohlgemeinter Ratschlag einer liebenden Frau, der offenkundig nicht umgesetzt worden ist", antwortete Birgit mit Tränen in den Augen.

Fanni wollte auf Birgit zugehen, um sie zu umarmen; lediglich die Anwesenheit von Chris hielt sie davon ab.

„Dann haben Sie nicht gesagt, Sie würden Ihre Liebste umbringen, wenn sie Sie verlassen würde?", insistierte Chris, um Birgit aus dem Gleichgewicht zu bringen.

„Nein, um Gottes willen, nein!"

Birgit schrie es förmlich heraus, und Fanni war kurz davor Chris zurechtzuweisen.

Chris hatte die Reaktion in Fannis Gesicht bemerkt und machte eine beschwichtigende Handbewegung.

„Sven Dietrich hat das aber gehört", sagte Chris in einem ruhigen Tonfall.

„Das Schwein lügt", schrie Birgit, noch immer völlig aufgewühlt, *„es ist seine ewige Eifersucht und sein unbändiger Hass auf mich."*

Chris und Fanni sahen sich überrascht an.

„Was meinst du damit, Birgit?", fragte Fanni, und Chris war über das vertraute DU überrascht, mit dem Fanni Birgit angeredet hatte. Er goutierte diese Vertraulichkeit zwischen den beiden Frauen keineswegs, beließ es aber für den Moment dabei.

„Sven war schon immer hinter Marianne her", antwortete Birgit, *„aber Marianne hat ihn abblitzen lassen."*

„War Marianne bi?", fragte Fanni weiter.

„Es kann sein, ich weiß es nicht", antwortete Birgit. „Wenn ich sie danach gefragt habe, ist sie mir immer ausgewichen. Ich glaube aber schon."

„Um was ging es bei diesem ominösen Gespräch in jener Nacht?", fragte jetzt Chris weiter, und Birgit antwortete:

„Marianne wollte sich mit einem Mann in einer Bar treffen."

„Ich kann da aber nichts Schlimmes sehen", sagte Chris, „wieso haben Sie sich dann deswegen mit Ihrer Freundin gestritten?"

„Wir haben nicht gestritten", erwiderte Birgit, „ich habe sie lediglich gebeten sie zu diesem Treffen begleiten zu dürfen."

„Ja, aber warum?", fragte Chris.

„Weil sie den Mann nicht kannte", antwortete Birgit.

„Das verstehe ich nicht", sagte Chris erstaunt, „wieso trifft sich Ihre Freundin mit einem Mann, den sie gar nicht kennt?"

„Ich weiß es auch nicht", erwiderte Birgit, „sie sagte zu mir nur, dass es mit ihrem Vater zusammenhing."

„Wissen Sie sonst noch etwas über diesen Mann?", fragte Chris und Birgit schüttelte den Kopf.

„*Hat dir Marianne vielleicht ein Bild von ihm gezeigt?*", fragte jetzt wieder Fanni.

„*Nein, tut mir leid*", antwortete Birgit.

„*Ein ominöses Treffen in irgendeiner Bar mit einem unbekannten Mann, von dem wir nicht wissen, wie er aussieht oder wie alt er ist.*"

Chris sagte diese Worte, als wolle er damit bedeuten, dass diese Geschichte nur wenig Glaubwürdigkeitscharakter hat.

„*Da fällt mir noch ein, dass Marianne gesagt hat, dass der Mann, mit dem sie sich treffen wollte, mit ihrem Vater studiert hätte*", sagte Birgit beinahe freudig, als hätte sie gerade eine Kerze zur Erhellung ihrer Geschichte angezündet.

„*Weißt du zufällig, wie alt Mariannes Vater ist*", fragte Fanni, und zu ihrer großen Freude wusste Birgit die passende Antwort.

„*Ja, das weiß ich*", sagte Birgit. „*Marianne wollte sich im nächsten Jahr outen, und mich ihrem Vater vorstellen. Sie wollte sich mit ihm versöhnen, denn nach dem Tod ihrer Mutter hatten sich die beiden entzweit. Herr Ziegler wird nächstes Jahr sechzig.*"

Es folgte ein längeres Schweigen. Chris und Fanni hatten in diesem Augenblick denselben Gedanken:

Herbert Palmers, der Drohbriefschreiber war im selben Alter. Er passte perfekt ins Profil, und er hatte ein Motiv.

Nachdem Birgit das Protokoll zu ihrer Aussage unterschrieben hatte, fuhr sie Fanni nach Hause.

„Du hast meine Telefonnummer. Wenn irgendetwas ist, ruf mich bitte an!"

Als sie angekommen waren, sah Birgit Fanni an und fragte:

„Der Herr Chefinspektor glaubt mir nicht; glaubst du mir wenigstens?"

Es war das erste Mal, dass Birgit Fanni duzte.

„Ja, ich glaube dir", antwortete Fanni.

Birgit küsste Fanni spontan auf den Mund und stieg aus. Bevor sie die Tür schloss, beugte sie sich in den Wagen und sagte:

„Es gibt mir sehr viel, dass du mir glaubst, und bitte, sei mir nicht böse."

Fanni schüttelte den Kopf und fuhr los. Sie spürte immer noch Birgits Lippen auf ihrem Mund, und sie wusste nicht, wie sie das gerade eben Geschehene einordnen sollte.

*****

BezInsp Obermann stand vor dem Haus in der Grillparzergasse 44 und fühlte eine leichte Nervosität in sich aufsteigen.

Seine rechte Hand hing locker über dem Griff seiner Dienstwaffe, und seine linke Hand hielt den Dienstausweis fest umklammert.

Die Tür öffnete sich, und eine Frau, jenseits der fünfzig starrte auf den Ausweis, den ihr der BezInsp mit den Worten entgegenstreckte:

„Ist Herr Herbert Palmers zugegen? Ich hätte ein paar Fragen an ihn."

Die erschreckte Frau machte sich breit, so als wolle sie jegliches Eindringen verhindern und antwortete:

„Ja, aber es geht ihm heute nicht besonders."

„Gehen Sie aus dem Weg!", sagte der BezInsp, stieß die Frau zur Seite und stürmte mit gezückter Waffe in das Innere.

Als ihm ein leichtes, gequältes Hüsteln entgegendrang, blieb er kurz stehen, um sich zu orientieren. Das Geräusch schien aus der Tür links von ihm gekommen zu sein.

BezInsp Obermann riss mit einem entschlossenen Ruck die selbige Türe auf und erstarrte.

Vor ihm saß ein Mann in einem Rollstuhl, der vorwiegend aus Haut und Knochen bestand, bar jeglicher Muskulatur, mit einer Atemmaske im Gesicht, die von einer Sauerstoffflasche, die an seinem Rollstuhl befestigt war, gespeist wurde.

Der Mann starrte den Bezirksinspektor mit großen, in tiefen Höhlen liegenden Augen an, nahm seine Maske ab und sagte, unter Aufwendung größter Mühe:

„Wer sind Sie, und was wollen Sie?"

Pauli Obermann stand da wie versteinert. Es dauerte eine gefühlte Ewigkeit, bevor er antworten konnte:

„Nichts, ich habe mich geirrt. Bitte, entschuldigen Sie und gute Besserung!"

Dann machte er kehrt und stürmte, gefolgt von seinen beiden uniformierten Kollegen, die er fürsorglich mitgenommen hatte, bei der Tür hinaus.

Als er bei der Frau vorbeikam, die ihn entsetzt anstarrte, weil er noch immer seine „Glock" fest umklammert hielt, sagte Pauli Obermann:

„Bitte, entschuldigen Sie die Störung, und alles Gute für Sie und Ihren Gatten."

Die drei Männer setzten sich in ihr Auto und fuhren mit Vollgas davon.

Als Pauli wenig später in der Polizeidirektion angekommen war, bedankte er sich bei seinen Kollegen, jedoch nicht ohne noch schnell mit ihnen ein Still-

schweigen ob des sehr speziellen Einsatzes zu verein-
baren.

„Hast du Palmers mitgebracht?"

Mit diesen Worten empfing Chris seinen Kollegen,
als dieser das Zimmer betrat, nachdem er einige Zeit
auf dem WC verbracht hatte, um seinen Magen nach
außen zu stülpen.

„Nein", antwortete Pauli wahrheitsgemäß, und
Chris fragte weiter:

*„Warum nicht? War er nicht zuhause? Ist er flüch-
tig?"*

Pauli Obermann drohte sich gerade der Magen
noch einmal umzudrehen. Er musste an das Bild dieses hilflosen, von der Krankheit schon fast zur Gänze
aufgefressenen, alten Mannes denken, der ihn fas-
sungslos angestarrt hatte.

Dieses Bild würde bis in alle Ewigkeit in Paulis
Gedächtnis eingebrannt bleiben. Hinzu kam die
Angst, dass die Ehefrau vielleicht, ja sogar wahr-
scheinlich sich beschweren könnte.

„Ist dir etwas, Pauli?", fragte Chris, *„du bist auf
einmal ganz bleich im Gesicht?"*

„Hab wohl etwas Schlechtes gegessen", nahm
Pauli eine Standartausrede zu Hilfe und erklärte dann
seinem Chef die Ereignisse der letzten Stunden.

Die Version, welche Pauli zum Besten gab, entsprach nur zu einem geringen Anteil der Wirklichkeit.

Die ganze Wahrheit würde dem Herrn Bezirksinspektor ein Leben lang anhaften. Und das wollte er auf gar keinen Fall.

„Dann scheidet Herbert Palmers wohl als Täter endgültig aus", sagte Chris, und Pauli stimmte ihm vorbehaltlos zu.

*****

„Welch Glanz in meiner bescheidenen Hütte", sagte Dr. Dr. Winter, als Chris ihn am nächsten Morgen aufsuchte.

Chris überging die provokante Begrüßungsfloskel des Pathologen und sagte stattdessen:

„Wir drehen uns im Kreis, Dr. Winter, haben Sie nicht noch irgendetwas, was uns weiterhelfen könnte?"

„Ich weiß nicht, ob Ihnen das hilft, Chefinspektor", antwortete der Pathologe, *„aber da wäre noch eine winzige Kleinigkeit."*

„Und was ist das?", fragte Chris.

„Der Stich in der Mitte des Dreiecks stammt nicht, wie ursprünglich angenommen, von einem Messer, sondern von einer ziemlich großdimensionierten Injektionsnadel. Ich tippe auf 10 Gauge, das entspricht in etwa 3,4 mm."

„Das nennen Sie eine Kleinigkeit?", fragte der ChefInsp.

„Nun, mein Lieber, wenn Sie davon ausgehen wollen, dass der Mörder Zugang zu medizinischem Gerät haben muss, dann haben Sie aber sehr viele Verdächtige.

Lassen Sie mich kurz nachdenken. Das macht geschätzte 50.000 niedergelassene Ärzte, zusätzlich der Ärzte in den Spitälern, den Krankenschwestern, dem Pflegepersonal, und nicht zu vergessen die Veterinäre.

Oh, mein Gott, dann bin ich ja auch verdächtig."

Der Pathologe streckte dem ChefInsp die Hände entgegen, und fügte noch in süffisantem Tonfall hinzu:

„Werden Sie mir jetzt Handschellen anlegen, Herr Chefinspektor?"

„Sie sind ein Zyniker und eine Schande für Ihren Berufsstand", sagte Chris, der sich gerade sehr beherrschen musste, nicht noch Schlimmeres zu sagen.

„Sie haben Recht, mein Bester", antwortete der Pathologe, „aber anders ist dieser Beruf nur schwer zu ertragen."

*****

„Der Minister hat um einen Besuch gebeten zwecks Information über unseren Ermittlungsstand."

„Soll ich das übernehmen oder ist das Chefsache?", fragte Pauli.

„Weder noch", antwortete Chris, „der Herr Minister verlangt nach einer Dame."

„Nach mir?", sagte Fanni erstaunt.

„Genau, Frau Bezirksinspektor", antwortete Chris.

„Und wieso gerade ich?", fragte Fanni.

„Das musst du ihn schon selber fragen", antwortete Chris.

„Vielleicht weil du schöner bist als wir zwei", antwortete Pauli grinsend.

„Quatschkopf!", kam postwendend die Antwort von Fanni.

Es war später Nachmittag, als Fanni der Aufforderung des Ministers nachkam.

„Grüß Gott und vielen Dank, dass Sie meiner Einladung gefolgt sind", begrüßte der Minister die Frau BezInsp, welche sich gerade noch zurückhalten konnte, um nicht das zu sagen, was ihr durch den Sinn ging, denn unter einer Einladung verstand sie wahrlich etwas anderes.

„Darf ich Sie Stephanie nennen?", kam für Fanni völlig überraschend die Frage des Herrn Minister.

„Wenn sie das glücklich macht", antwortete Fanni, *„vorausgesetzt ich muss Sie nicht Erwin nennen."*

Kaum, dass sie das gesagt hatte, schoss Fanni das Blut in den Kopf. Dieses Mal war die Zunge schneller als das Hirn.

„Touché", antwortete Erwin Ziegler, dem die Schlagfertigkeit und das Selbstbewusstsein seiner Besucherin gefiel, *„Sie kennen sogar meinen Vornamen, Chapeau!"*

„Bitte, entschuldigen Sie", wollte sich Fanni um Schadensbegrenzung bemühen, als Erwin Ziegler sagte:

„Kein Problem, Frau Stephanie, ich mag schlagfertige Frauen."

„Es wäre mir lieber, Sie würden mich Fanni nennen, statt Stephanie", sagte Fanni und war über ihre Worte selbst überrascht.

Sie war – ohne es zu bemerken – dem Charme dieses Mannes erlegen, und ihre Sympathie, die sie schon bei ihrer ersten Begegnung für ihn empfunden hatte, nahm gerad ein wenig zu.

„Haben Sie heute schon etwas gegessen?", fragte Erwin Ziegler, und als Fanni nicht gleich darauf antwortete, schob er hinterher:

„Ich meine z.B. Frühstück, Mittagessen, Abendessen…"

„Ein Stück kalte Pizza um die Mittagszeit", antwortete Fanni, und Erwin Ziegler sagte:

„Dann darf ich Sie zu einem kleinen Dinner einladen."

Und bevor Fanni überlegen konnte, ob sie annehmen oder ablehnen sollte, fuhr ihr Gastgeber fort:

„Kommen Sie, meine liebe Fanni, der Tisch ist schon gedeckt."

Erwin Ziegler führte Fanni in das angrenzende Speisezimmer, wo bereits zwei Gedecke hergerichtet waren. Er bot Fanni den Platz an der rechten Ecke des Tisches an und setzte sich selbst an die Stirnseite.

Kaum, dass sie Platz genommen hatten, öffnete sich die Tür, und eine ältere Frau trat ein und trug das Essen auf.

Fanni hätte erwartet, dass die Frau eine weiße Schürze und ein kleines weißes Häubchen auf dem Kopf getragen hätte, was stilgerecht in dieses Haus gepasst hätte, aber das war nicht der Fall.

„Darf ich Ihnen Frau Dorner vorstellen?", sagte Erwin Ziegler, *„sie ist seit Jahrzehnten bei uns und ein Teil der Familie."*

Und zu der Perle des Hauses gewandt:

„Das ist unser Gast, die Frau Bezirksinspektor Herzog."

Die Frauen gaben einander die Hand, was Fanni einigermaßen verwirrte. Noch mehr verwirrte sie die Frage der Frau, als diese den Minister fragte:

„Wenn du noch etwas brauchst, dann sag bitte Bescheid!"

Der Minister nickte und Frau Dorner wünschte *„noch einen schönen Abend"*, bevor sie den Raum wieder verließ.

„Sie scheinen etwas verwirrt zu sein, liebe Fanni", sagte Erwin Ziegler, der den Gesichtsausdruck von Fanni richtig deutete.

„Ich muss zugeben, ja", antwortete Fanni, *„darf ich fragen, ob Frau Dorner mit Ihnen verwandt ist?"*

„Nein, sie hat sich vor langer Zeit um die Stelle beworben, und meine Frau hat sie eingestellt. Als

Barbara krank wurde, hat sie Frau Dorner liebevoll bis zu ihrem Tod gepflegt."

Fanni war von dieser Erklärung sehr berührt. Erwin Ziegler hatte es bemerkt und fragte unvermindert:

„Was darf ich Ihnen zu trinken anbieten? Weißwein oder Rotwein?"

„Wenn es nicht allzu sehr gegen die Etikette verstößt, würde ich gern um ein Bier bitten", antwortete Fanni.

„Welche Etikette?", fragte Erwin Ziegler lachend, *„wir sind doch hier entre nous und nicht bei Hofe."*

Die nächste Stunde verging mit Essen und Trinken, begleitet von einem eher oberflächlichen Smalltalk.

Das änderte sich schlagartig nach dem Essen, als Erwin Ziegler Fanni in die Bibliothek bat.

„Einen Digestif für die Verdauung?", fragte Erwin Ziegler, und Fanni antwortete:

„Sehr gern!"

„Cognac, Whisky, Wodka?"

„Hätten Sie vielleicht eine Grappa?"

„Ja", antwortete Erwin Ziegler, *„einen <Berta Grappa TRIO> aus dem Piemont, ein edler Tropfen."*

„Gibt es da Unterschiede?", fragte Fanni.

„Große sogar", antwortete Erwin Ziegler. *„Die Destilleria Berta im Piemont gehört zu den edelsten Grappabrennern. Von jeder Sorte werden nur ein paar Tausend Flaschen abgefüllt. Der Trester kommt ausschließlich von Top-Winzern, ein Barolo, Barbera oder Moscato reift mindestens zehn Jahre im Fass."*

Als Fanni einen Schluck aus ihrem Glas getrunken hatte, begannen ihre Augen zu leuchten.

„Ich liebe Grappa, und ich habe schon einige in meinem Leben getrunken. Aber was Sie mir da gerade eingeschenkt haben, das ist Nektar. So etwas Edles habe ich noch nie getrunken."

„Das freut mich sehr, liebe Fanni", antwortete Erwin Ziegler, *„und ich frage mich gerade, ob meine Bemühungen Ihrem Gaumen Freude zu bereiten nicht eventuell doch verdient hätten, dass Sie mich Erwin nennen."*

„Einverstanden, Erwin", antwortete Fanni, *„aber das SIE bleibt."*

„Natürlich, Fanni", antwortete Erwin mit einem feinen Lächeln, der gerade daran denken musste, dass er auch diesen letzten Schutzwall seiner Besucherin irgendwann beseitigen würde.

Es folgten noch weitere Biere, begleitet von einigen Grappe und einer sehr intensiven, persönlichen Unterhaltung.

„*Mein Gott*", es ist gleich *Mitternacht*", sagte Fanni, in deren Körper der Alkohol schon kräftig umtriebig war. „*Es wird höchste Zeit, dass ich nachhause fahre.*"

„*Das macht mein Chauffeur*", sagte Erwin, „*er wird dich nachhause fahren und morgen früh wieder abholen. Dann frühstücken wir zusammen, und danach kannst du mit deinem Auto zur Arbeit fahren.*"

„*Schläft der nicht schon lange?*", fragte Fanni, die gar nicht bemerkt hatte, dass Erwin sie geduzt hatte.

„*Ein guter Chauffeur schläft niemals*", antwortete Erwin, „*er muss stets in Bereitschaft für seinen Herrn sein.*"

„*Falls Sie vielleicht plötzlich die Welt retten müssen, Herr Minister*", antwortete Fanni lachend.

„*So in etwa*", sagte Erwin und begleitete Fanni zum Wagen, wo sie der Chauffeur bereits erwartete.

Erwin gab Fanni einen Kuss auf die Wange und half ihr einzusteigen. Dem Chauffeur sagte er, er möge die Dame gut nachhause bringen, und bevor dieser losfuhr, streckte Fanni ihren Kopf aus dem Fenster und rief mit lauter Stimme:

„*Guten Nacht, Erwin, und bis morgen früh!*"

*****

Als Fanni am nächsten Morgen in den Spiegel sah, erschrak sie. Der umfängliche Alkoholkonsum hatte deutliche Spuren hinterlassen.

Pünktlich um halb sieben läutete es an der Tür. Fanni öffnete und der Chauffeur des Ministers begrüßte Fanni mit den Worten:

„Guten Morgen, gnädige Frau! Ich wollte Ihnen nur sagen, dass ich da bin und unten vor dem Haus warte."

„Vielen Dank, Herr…"

Fanni stockte. *„Ich weiß noch nicht einmal Ihren Namen."*

„Ich heiße Franz, gnädige Frau", antwortete der Chauffeur.

„Und wie weiter?", fragte Fanni.

„Franz Breitwieser, gnädige Frau; aber bitte nennen Sie mich nur Franz!"

„Aber nur, wenn Sie die <gnädige Frau> weglassen", erwiderte Fanni, *„das klingt ja furchtbar."*

„Wie Sie möchten, Frau Herzog", sagte Franz, und Fanni war erstaunt darüber, dass der Mann ihren Familiennamen wusste.

Etwas später, als sie schon im Auto saß, fiel ihr ein, dass Franz ja ihren Familiennamen kennen musste. Wie sonst hätte er sie gestern nachhause fahren können.

Und außerdem stand der Name ja an ihrer Wohnungstür. Es würde wohl noch einige Zeit in Anspruch nehmen, bis das Kraftwerk <Gehirn> seine volle Kapazität erreicht haben würde.

„Guten Morgen, Fanni, hast du gut geschlafen?", fragte Erwin und gab ihr einen Kuss auf die Wange.

„Habe ich gestern etwas verpasst?", fragte Fanni völlig überrascht. *„Seit wann duzen und küssen wir uns?"*

„Seit gestern", antwortete Erwin, *„aber wenn Ihnen das unangenehm ist, dann resetten wir ganz einfach."*

Fanni sah Erwin an. Sie war erstaunt, welcher Sprache sich dieser Mann bediente. Er war in jeder Hinsicht ein bemerkenswerter Mann. Und er sah nicht nur sehr gut aus, er hatte auch Charme. Und das in reichem Maße.

Es war schon sehr lange her, dass sich Fanni zu einem Mann hingezogen fühlte. Der letzte „Homo sapiens", der es bis in ihr Schlafzimmer geschafft hatte, war alles andere als „weise".

Seine Fähigkeiten lagen etwas tiefer im Körper angesiedelt. Irgendwann war das aber nicht mehr genug, und Fanni beendete die Beziehung.

Der Mann, der gerade vor ihr stand, verdiente den Zusatz „sapiens", und er würde wohl irgendwann Einlass in ihr Schlafzimmer finden.

„Nein, mein Lieber", sagte Fanni, „wir resetten nicht. Wir lassen alles so, wie es ist, weil es mir gefällt."

Es folgte nun ihrerseits ein Kuss, aber dieses Mal auf den Mund. Dann sah sie den Minister an und sagte:

„Lass uns hineingehen, ich habe Hunger!"

*****

„Haben wir verschlafen?", fragte Chris, als Fanni am späten Vormittag in der Dienststelle eintraf. Das Frühstück hatte wesentlich mehr Zeit in Anspruch genommen, als es ursprünglich von Fanni geplant war.

„Nein", Herr Chefinspektor", antwortete Fanni, „ich habe nur ausgiebig gefrühstückt."

„Du frühstückst doch sonst nie", erwiderte Chris mit skeptischer Mine.

„Das ändert sich ab heute", antwortete Fanni, „überhaupt ändert sich alles ab heute."

„*Hast du getrunken?*", fragte Chris, der gerade nicht so recht wusste, wie er das Verhalten seiner Kollegin einordnen sollte.

„*Gestern schon*", antwortet Fanni, „*heute noch nicht. Dazu ist es noch viel zu früh.*"

Fanni hatte offensichtlich große Mühe, sich von der rosaroten Wolke zu verabschieden, auf der sie - nach dem Frühstück mit dem wunderbaren und einzigartigen Erwin – noch immer zu schweben schien.

„*Was hat die Besprechung mit dem Minister ergeben?*", fragte Chris, der nun das bisher verwirrende Gespräch in eine sachliche, berufliche Bahn lenken wollte.

Statt zu antworten, verfiel Fanni in einen Lachkrampf. Die Mine von Chris verfinsterte sich augenblicklich und Ungemach drohte, vor welchem Fanni nur bewahrt blieb, weil Pauli aufgeregt bei der Tür hereinstürzte und rief:

„*Der Schlitzer hat wieder zugeschlagen!*"

„*Wann und wo?*", fragte Chris, und Pauli antwortete:

„*Die Leiche wurde gerade gefunden. Sie lag in einem kleinen Wäldchen, unweit der Autobahn.*"

„*Dann besorg uns den genauen Standort*", sagte Chris, und Fanni war heilfroh, dass sie damit den Fragen von Chris entronnen war.

Als sie zu dem Fundort der Leiche kamen, erwartete sie eine Überraschung. Es handelte sich um einen Mann, der auf dem Rücken lag und dessen Oberkörper entblößt war.

Der Täter hatte sich erst gar nicht die Mühe gemacht sein Opfer zu vergraben.

„Habt ihr die Leiche so vorgefunden?", fragte Chris die Beamten vor Ort, und die Beamten bejahten seine Frage.

„Wisst ihr schon, wer das ist?", fragte Chris weiter.

Einer der Beamten streckte Chris einen Personalausweis entgegen und sagte:

„Bei dem Toten handelt es sich nachweislich um den 61-jährigen Manfred Brunner, Mönch im Zisterzienserkloster <Maria am Kreuz>. Ich kenne den Mann, im Kloster heißt er <Bruder Nataniel> und ist der Bruder meiner Frau."

Was Chris, wie auch seinen beiden Kollegen sofort auffiel, war das eingeritzte Dreieck auf der Brust mit dem Loch in der Mitte.

„Ganz eindeutig der Schlitzer", sagte Pauli, und Fanni fügte hinzu:

„Oder ein Trittbrettfahrer."

„*Das glaube ich nicht*", widersprach Chris, „*vergiss nicht, in der Presse wurde kein Bild veröffentlicht, welches das Muster der Ritzung auf der Brust zeigt.*"

„*Du hast recht*", bestätigte Fanni den Einwand von Chris, „*also ist es doch der Schlitzer, und wir haben es wahrscheinlich mit einem Serienmörder zu tun.*

„*Dann wollen wir dem Kloster einen Besuch abstatten und schauen, was es mit dem Pater auf sich hat*", sagte Chris und Pauli fragte:

„*Wie meinst du das?*"

„*Es ist ja wohl nicht alltäglich, dass man einen Mönch ermordet*", antwortete Chris, „*oder siehst du das anders?*"

Die Schärfe in seinem Tonfall, mit der Chris das gesagt hatte, ließ darauf schließen, dass der Lachanfall von Fanni noch nicht vom Tisch war.

Aber es wäre nicht Stephanie Hofer gewesen, hätte sie das davon abgehalten zu sagen:

„*Wenn der Diener des Herrn ein schlimmer Finger war, dann schon.*"

Chris wollte schon darauf reagieren, unterließ es aber. Diese Frau war einfach im Moment nicht ganz zurechnungsfähig.

Er wies Pauli an, er solle den Polizeibeamten, dessen Ehefrau die Schwester des Toten war, eingehend befragen und fuhr dann mit Fanni zum Kloster.

Die Kriminalbeamten ließen sich beim Klostervorsteher anmelden.

„Das ist ja furchtbar", sagte Abt Melchior, als er die Todesnachricht vernommen hatte. Er bekreuzigte sich mit einem *„Der Herr sei seiner Seele gnädig",* und wandte sich dann wieder seinen weltlichen Besuchern zu.

„Weiß man denn schon, wer diese grausame Tat begangen hat?"

Chris hatte Mühe nicht zu lachen. Die Leiche war gerade erst vor einer guten Stunde entdeckt worden, und der gute Abt erwartete schon Ergebnisse.

„Wir stehen gerade am Anfang unserer Ermittlungen", sagte Chris, *„und wir hoffen, dass Sie uns dabei behilflich sein können. Wir hätten da ein paar Fragen an Sie"*

„Fragen Sie mein Sohn", entgegnete der Abt, *„was in meiner Macht steht, das soll geschehen."*

Fanni schaute besorgt zu ihrem Chef. Sie wusste, dass Chris mit dem lieben Gott ein wenig auf Kriegsfuß stand, und dass der Gottesmann gerade sehr stark an der Duldungsfähigkeit von Chris nagte.

„*Was können Sie uns über Manfred Brunner sagen?*", begann Fanni zu fragen, um die Spannung herauszunehmen.

„*Wer ist das?*", fragte der Abt.

Jetzt wurde es gefährlich. Chris schäumte innerlich. „*Weiß der Pfaffe noch nicht einmal, wer zu seinem Personal gehört?*", ging es ihm durch den Sinn.

Und wieder war es Fanni, die blitzschnell antwortete:

„*Das ist der Tote, den wir gefunden haben. Sie kennen ihn wahrscheinlich als <Bruder Nataniel>.*"

„*Aber ja*", antwortete der Abt, „*ein gottesfürchtiger, arbeitsamer Mitbruder, von allen geschätzt und geliebt.*"

Das war der Moment, an dem Chris die Reißleine zog.

„*Führe du bitte die Befragung weiter*", sagte er zu Fanni, „*ich höre mich noch ein wenig im Kloster um.*"

Dann verließ er das Zimmer des Abtes, ohne sich von diesem zu verabschieden. Der Gedanke diesem Menschen die Hand zu geben, war ihm zutiefst zuwider.

Als er vor der Tür stand, atmete er erst einmal tief durch und machte sich dann auf die Suche nach Informationen, beseelt von der Hoffnung dabei auf weniger „gesalbte" Zeitgenossen zu treffen.

Die Ausbeute war jedoch nicht sehr ergiebig. Als er mit Fanni und Pauli in der Polizeidirektion zusammensaß, um sich auszutauschen, war das nicht gerade ermutigend.

Um es auf einen Nenner zu bringen: Der Tote war ein Mann von untadeligem Ruf, ohne Vorstrafen und seit über 20 Jahren Zisterzienser.

Die Bemühungen Zeugen zu finden, verlief ebenfalls ins Leere. Am Fundort, der zugleich auch Tatort war, gab es keinerlei Spuren, und das Ergebnis der Untersuchung durch den Rechtsmediziner war nahezu deckungsgleich wie bei dem ersten Mord.

„Du kümmerst dich um den Telefonnachweis des Opfers", sagte Chris zu Pauli, und zu Fanni:

„Glaubst du, du könntest noch einmal mit dem Minister reden, ob es vielleicht einen Zusammenhang zwischen seiner Tochter und dem Mönch gibt?"

„Ich kann ja versuchen, ob er mich noch einmal empfängt", antwortete Fanni, unter größten Mühen ernst dabei zu bleiben und nicht laut hinauszulachen.

*****

„Ich hätte nicht gedacht, dass wir uns so bald wiedersehen werden", sagte Erwin Ziegler, als er Fanni begrüßte.

„Das ist rein dienstlich, Herr Minister", sagte Fanni, und Erwin Ziegler antwortete:

„Dann folgen Sie mir bitte ins Arbeitszimmer!"

Erwin zog Fanni hinter sich her. Der Weg führte sie über die Treppe hinauf in den ersten Stock bis hin zum Schlafzimmer des Ministers.

Fanni wehrte sich nicht. Als sie die Treppe hinaufgingen, ahnte sie schon, was Erwin vorhatte. Als sie im Schlafzimmer angekommen waren, begann Erwin Fanni zu entkleiden.

„Als Minister muss ich vorsichtig sein. Ich hoffe, Sie verstehen das, Frau Bezirksinspektor. Es könnte ja sein, dass Sie ein Mikrofon unter der Kleidung tragen und mir für eine ausländische Organisation Geheimnisse entlocken wollen."

Fanni ließ den Minister gewähren. Sie fühlte, wie eine starke Erregung von ihrem Körper Besitz ergriff.

Im Gegenzug begann sie nun ihrerseits mit dem Entkleiden des Ministers, und als sie die deutliche Erregung von Erwin sah, sagte sie scheinbar erschrocken:

„Mein Gott, Sie sind ja bewaffnet!"

Was dann folgte, war ein Rausch der Gefühle, dem sich beide hemmungslos hingaben. Es war, als wären sie für einander geschaffen, und sie wären sich zum richtigen Zeitpunkt begegnet.

„Darf ich dich etwas fragen?", sagte Erwin fast ein wenig zaghaft, als sie erschöpft, aber glücklich nebeneinanderlagen.

„Alles, was du willst, mein Liebster", antwortete Fanni.

„Bin ich ein Monster, weil ich mich – so kurz nach dem schrecklichen Verbrechen an meiner Tochter - meinen Lustgefühlen hingebe, anstatt Trauer zu fühlen?"

„Nein, das bist du nicht", antwortete Fanni, *„nur weil wir beide von der Liebe eingefangen wurden, heißt es nicht, dass kein Platz mehr für Trauer ist."*

„Das ist lieb von dir, dass du das sagst", antwortete Erwin, *„nach dem Tot von Barbara habe ich verlernt zu fühlen. Ich konnte weder Freude noch Schmerz empfinden. Als ich dich zum ersten Mal gesehen habe, ist meine Seele aus einem tiefen Schlaf erwacht, und ich habe gefühlt, wie mein Herz wieder schlägt."*

„Ich liebe dich, du wunderbarer Mann", sagte Fanni mit Tränen in den Augen, *„ich liebe dich so sehr."*

*****

„Hast du schon den Telefonnachweis von dem Mönch überprüft?", fragte Chris, und Pauli antwortete:

„Ja, aber ich habe nichts Aufregendes gefunden."

„Gib mir mal die Liste", sagte Chris.

„Was ist mit der einen Nummer, die mehrmals aufscheint?", fragte er, nachdem er die Liste durchgesehen hatte.

„Das habe ich schon überprüft", antwortete Pauli, „die gehört seiner Mutter. Ich habe sie angerufen und nachgefragt."

„Und?", fragte Chris.

„Der Vater des Toten ist sehr krank. Und Bruder Nataniel hat sich fast täglich nach dem Befinden des Vaters erkundigt", antwortete Pauli.

„Der Tote heißt Manfred Brunner und nicht Bruder Nataniel. Das ist sein Künstlername, und nicht der Name, der in seinem Ausweispapier vermerkt ist."

Diese fast zynische Reaktion von Chris spiegelte einmal mehr die Einstellung von Chris in Bezug auf den Klerus wider.

Pauli sah zu Fanni, die gerade den Kopf schüttelte. Sie hatte schon mehrere Anläufe unternommen, um hinter das Geheimnis zu kommen, warum Chris diese massive Ablehnung an den Tag legte.

Chris hatte es bemerkt, und er giftete Fanni an:

„Und was ist mit dir? Hattest du mehr Glück als der Kollege Obermann?"

„Es gibt keine Verbindung zwischen dem ersten Mordopfer und dem toten Mönch."

Fanni hatte bewusst die Bezeichnung „Mönch" gewählt, und für einen kurzen Augenblick war sie sogar versucht „Bruder Nataniel" zu sagen, unterließ es aber.

Chris registrierte die Anspielung sehr wohl. Er nahm die Liste, warf sie Fanni entgegen und sagte:

„Geh du den Telefonnachweis noch einmal durch. Vielleicht hat Pauli ja etwas übersehen."

„Oder du", murmelte Fanni leise; aber gerade laut genug, dass Chris es verstehen musste.

Chris verließ das Zimmer ohne weiteren Kommentar, jedoch begleitet von dem Geräusch einer sehr laut schließenden Tür.

„Was ist nur los mit ihm?", fragte Pauli, *„du kennst ihn doch schon länger als ich."*

„Das wissen die Götter", antwortete Fanni, *„es muss mit einem starken Erlebnis aus seiner Vergangenheit zu tun haben."*

Was beide nicht wissen konnten, war die Tatsache, dass Chris als Kind von einem Geistlichen missbraucht worden war.

Fanni hatte sich den Telefonnachweis mehrmals angesehen. Dabei fiel ihr eine Nummer auf, die sich von den restlichen abhob.

Während alle anderen Nummern eindeutig Anschlüssen zuzuordnen waren, welche auf einen inländischen Provider schließen ließen, fiel die eine Nummer aus dem Rahmen.

Sie zeigte sie Pauli mit der Frage:

„Was ist mit dieser Nummer? Hast du die auch überprüft?"

„Zwecklos", antwortete Pauli, *„die stammt von einem Wegwerfhandy und kann nicht zurückverfolgt werden."*

Als Chris sichtlich abgekühlt wieder das Zimmer betrat, sagte er:

„Tut mir leid wegen vorhin."

„Wir haben etwas entdeckt, das Fragen aufwirft", sagte Fanni und zeigte Chris die Nummer auf der Liste.

„Die Frage ist doch, wer ruft einen Mönch mit einem Wegwerfhandy an?"

„Das ist in der Tat verdächtig", entgegnete Chris, *„gut, dass ihr das entdeckt habt."*

Und mit dieser Bemerkung hatten Harmonie und Frieden gerade wieder Einzug in die Amtsstube gehalten.

*****

Die nächsten Tage vergingen mit der Suche nach einem Motiv für beide Morde und deren Zusammenhang.

Die These, der Mörder könnte eine Liebesbeziehung mit seinem Opfer gehabt haben, wurde ebenso verworfen, wie der Verdacht, dass Marianne Ziegler eine Beziehung mit dem Mönch gehabt haben könnte.

Nach dem letzten Mord waren gerade einmal zwei Wochen vergangen, als der dritte passierte. Und wieder war er nach dem gleichen Muster angelegt, wie bei dem Mord davor.

Was jedoch ungewöhnlich und äußerst dreist war, war die Tatsache, dass der Mörder sein Opfer an derselben Stelle platziert hatte wie sein Opfer zuvor.

„Will dieser Psychopath uns zum Narren halten?", fragte Chris, und seine Stimme klang wuterfüllt. Bevor er weitersprechen konnte, klingelte sein Telefon.

Er meldete sich und hörte der Stimme am anderen Ende zu. Kurz darauf sagte er:

„Ich komme sofort."

Dann wandte er sich seinen beiden Kollegen zu.

„Ich will alles über das Opfer wissen, wenn ich zurück bin", sagte Chris und verließ den Raum, ohne ihnen zu sagen, wohin er gehen würde.

„Was war das denn?", sagte Pauli und Fanni antwortete:

„Ich vermute, es war das Spital."

„Welches Spital?", fragte Pauli.

„Das musst du Chris schon selber fragen", antwortete Fanni.

„Liegt dort ein Verwandter von Chris?"

„Das kann ich dir nicht sagen", antwortete Fanni.

„Und warum kannst du es mir nicht sagen?", bohrte Pauli weiter.

„Weil es so ist", antwortete Fanni, *„und jetzt lass uns das machen, was Chris uns aufgetragen hat. Und hör auf mich zu nerven."*

*****

Die Schwester beim Empfang sagte Chris, dass der Herr Professor ihn sprechen wolle.

Prof. Dr. Danner empfing Chris mit den Worten:

„Ich danke Ihnen, Christian, dass Sie so schnell gekommen sind."

Der ältere Herr war Leiter des Sterbehospizes und eine von den wenigen Personen, die Chris mit seinem vollen Vornamen ansprachen.

„Jederzeit Herr Professor", antwortete Chris, *„das wissen Sie doch. Wie geht es Sabine?"*

„Nicht sehr gut, Christian", antwortete der Professor, *„ihr Zustand verschlechtert sich zusehends."*

„Wie lang noch?" fragte Chris, und er hatte Mühe es auszusprechen.

Der Professor sah Chris lange an und antwortete:

„Es kann sein, dass Sabine die Nacht nicht überlebt."

Jetzt gab es kein Halten mehr. Christian Jäger, ChefInsp bei der Polizei, ein Mann wie ein Bär, sackte in seinem Sessel zusammen und begann hemmungslos zu weinen.

„Das ist nicht fair", sagte er schluchzend und sah den Professor dabei an, *„das ist nicht fair."*

„So ist das Leben, lieber Christian", versuchte der ältere Herr, der zu seinem Gegenüber schon vor langer Zeit fast schon eine väterliche Beziehung aufgebaut hatte, Chris zu trösten.

Prof. Dr. Danner kannte die Geschichte von den zwei Menschen, die durch ihr gemeinsames Schicksal tief miteinander verbunden waren.

Sabine Reuter verbrachte ihre Kindheit – wie auch Christian – in einem Waisenhaus.

Und sie war ebenfalls von einem geistlichen Herrn, der im weiteren Sinn zu dieser Einrichtung gehörte, missbraucht worden.

Er kam einmal in der Woche, um den kleinen Sündern die Beichte abzunehmen. Die Erteilung der Absolution machte dieser „Diener Gottes" von gewissen sexuellen Handlungen abhängig, welche er an sich vornehmen ließ.

Als eines der Kinder sich bei der Heimleiterin beschweren wollte, brachte es ihm eine Tracht Prügel ein. Der geistliche Herr war der älterer Bruder der Heimleiterin.

Sabine und Christian vertrauten sich irgendwann gegenseitig an und vollzogen mit einem Taschenmesser Blutsbrüderschaft.

Sie schworen einander nie zu verlassen und immer füreinander da zu sein. Jahre später schaute das Glück bei ihnen vorbei. Sie wurden gemeinsam von einem sehr lieben Ehepaar adoptiert.

Als Sabine an Leukämie erkrankte, waren ihre Adoptiveltern schon verstorben. Ein Autounfall hatte sie plötzlich aus dem Leben gerissen.

„Das ist nicht fair", wiederholte Chris, der wohl gerade daran denken musste, *„erst unsere Eltern und jetzt Sabine."*

„Sie müssen jetzt sehr stark sein, Christian", sagte der Professor. *„Lassen Sie es sich nicht anmerken, was ich Ihnen gesagt habe.*

Und verabschieden Sie sich von Sabine so, als würden Sie sie in ein paar Tagen wiedersehen. Geben Sie ihr das Gefühl, dass alles wieder gut wird."

„Das kann ich nicht", antwortete Chris, *„ich habe Sabine niemals belogen, und ich werde heute nicht damit anfangen."*

„Tun Sie es trotzdem", erwiderte der Professor, *„nennen Sie es von mir aus eine barmherzige Lüge, aber tun sie es. Ich bin sicher, Gott hat dafür Verständnis."*

„Lassen Sie mich mit Gott in Ruhe, Professor", sagte Chris in scharfem Ton, *„es gibt keinen Gott."*

Prof. Dr. Danner sah Christian an, und er erkannte all den Zorn in seinem Gesicht. Und er konnte ihn verstehen, weil er ihn in diesem Augenblick verstehen wollte. Wen das Schicksal so sehr auf die Probe stellt, der sollte auch das Recht haben mit Gott und der Welt zu hadern.

„Hallo, kleine Schwester", sagte Chris und küsste Sabine auf die Stirn.

„Wieso kommst du heute schon und nicht erst morgen?", fragte Sabine. *„Hast du keinen Mord aufzuklären?"*

Einen Augenblick lang dachte Chris, Sabine hätte von den Morden erfahren, verwarf diesen Gedanken jedoch sofort wieder.

Sabine hatte den Zugang zu der Welt außerhalb des Hospizes schon lange verloren. Es interessierte sie einfach nicht mehr, und Nachrichten wollte sie keine mehr sehen. Sie schaute sich viel lieber Tierfilme an, sofern sie nicht zu müde dazu war. Meistens schlief sie dabei ein.

„Ich habe die bösen Buben schon alle gefangen und eingesperrt", sagte Chris, *„und so habe ich Zeit meine Lieblingsschwester zu besuchen."*

„Das freut mich sehr, mein großer Bruder, aber heute hast du nicht viel von mir", entgegnete Sabine, *„ich bin heute etwas müde."*

„Du hast wohl gestern zu lang gefeiert", scherzte Chris, dem es gerade die Kehle zuzuschnüren drohte, *„ich nehme an, du hast wieder als Letzter die Party verlassen."*

„*Wie immer, Bruderherz*", scherzte Sabine zurück, „*du kennst mich doch.*"

„*Da liegt nun der Mensch, der mir am nächsten steht, und der nie jemandem etwas Böses getan hat und befindet sich nun an der Schwelle des Todes.*

Wo ist da Gerechtigkeit? Wo ist da ein Gott?"

Diese Gedanken quälten Chris, der gerade bemüht war einen Optimismus auszustrahlen, den es gar nicht gab.

„*Du bist so nachdenklich*", sagte Sabine, „*ist dir etwas?*"

„*Nein*", log Chris, „*alles paletti, kleine Schwester.*"

„*Komm einmal her und lass dich drücken*", sagte Sabine und reckte Chris ihre dünnen Ärmchen entgegen.

Das war mehr, als Chris zu ertragen vermochte. Als Sabine ihre Arme um Chris schlug, fing er hemmungslos an zu weinen.

„*Du musst nicht weinen, großer Bruder*", sagte Sabine, „*wir müssen alle einmal sterben. Der eine früher und der andere später. Ich gehöre nun einmal zu der Fraktion der früheren; da kann man nichts machen.*"

Chris löste sich aus Sabines Umarmung und sah sie an. Sabine lächelte.

„Ich habe irgendwo schon einmal gehört oder gelesen – so genau weiß ich es nicht mehr – dass Menschen es spüren, wenn der Zeitpunkt ihres Todes nah ist.

Jetzt weiß ich, dass das stimmt. Ist das nicht faszinierend? Und auch, dass sich eine gewisse Gelassenheit einstellt. Bei mir ist das jedenfalls so."

„Wie meinst du das?", fragte Chris völlig erstaunt.

„Nun, ich spüre, dass es bei mir bald soweit sein wird", antwortete Sabine, *„und ich habe überhaupt keine Angst. Und ich glaube auch fest daran, dass ich dann Mama und Papa wiedersehen werde."*

Chris, der sich gerade etwas gefangen hatte, wurde von einem erneuten Weinkrampf erfasst. So wenig, wie er bisher an den Unsinn mit dem Wiedersehen bereits Verstorbener geglaubt hatte, so sehr wünschte er sich jetzt, es würde wahr sein.

„Ich bin müde, großer Bruder", sagte Sabine, *„ich möchte ein wenig schlafen. Lege dich zu mir und nimm mich in deinen Arm, so wie du es früher gemacht hast, als wir noch klein waren."*

Chris legte sich zu Sabine und Sabine kuschelte sich an ihn. Chris spürte ihre leisen Atemzüge, die seine Wange streichelten, und die irgendwann aufhörten.

Er hatte es gar nicht bemerkt. Ein Gefühl tiefen Friedens hatte ihn erfasst. Es geschah wohl in jenem Augenblick, als Sabine ihre Eltern wieder traf.

*****

Als Chris am übernächsten Tag in die Polizeidirektion kam, fragte ihn keiner, wo er gewesen war. Es lag wohl an der Art, wie Chris sich gebar.

Der sonst so taffe, forsch auftretende Chefinspektor war eher introvertiert, still in sich ruhend, mit einem Wort nicht derselbe wie noch zwei Tage zuvor.

„Was habt ihr inzwischen herausgefunden?", fragte Chris, nachdem er völlig ungewohnt seine beiden Mitarbeiter per Handschlag begrüßt hatte.

„Der Tote heißt Franz Jung und hat eine Zahnarztpraxis in der Innenstadt. Er ist 60 Jahre alt, ledig, keine Kinder.

Bei dem Toten wurden sämtliche Ausweispapiere, ein Smartphone und eine Rolex gefunden. Einen Raubmord können wir somit definitiv ausschließen."

Und Fanni ergänzte die Angaben ihres Kollegen Pauli mit den Worten:

„Das Kunstwerk auf der Brust des Toten ist identisch mit dem der beiden anderen Opfern."

„Was ist mit der Telefonliste?", fragte Chris, „habt ihr die schon überprüft?"

„Nein, die haben wir noch nicht", antwortete Pauli.

„Dann mach Druck bei der Telefongesellschaft", sagte Chris, „ich vermute, wir werden etwas finden."

Dann sagte Chris etwas, was sowohl Fanni als auch Pauli überraschte:

„Ich möchte euch – nach Feierabend – auf ein Bier einladen, und ich hoffe sehr, ihr habt Zeit."

Fanni sah erst zu Pauli und nickte dann, während Pauli freudig antwortete:

„Sehr gern, Chef!"

„Das freut mich", entgegnete Chris, wandte sich zu Fanni und sagte:

„Komm mit, wir fahren in die Praxis und befragen die Mitarbeiter des Zahnarztes."

Als sie bei der Praxis angekommen waren, sahen sie den Zettel, der an dem Schild an der Hauswand neben der Eingangstür angebracht worden war:

„Praxis wegen Trauerfall geschlossen."

Chris läutete an, aber die Tür wurde nicht geöffnet. Er nahm sein Smartphone und wählte die Nummer der Praxis, welche auf dem Schild vermerkt war.

Zu seinem großen Erstaunen meldete sich eine Stimme, die sagte:

„Praxis Dr. Jung. Es tut uns leid, aber die Praxis ist heute geschlossen. Bitte, rufen Sie in ein paar Tagen wieder an. Vielen Dank und auf Wiederhören."

Es war offenkundig, dass noch kein Anrufbeantworter geschaltet war, denn im Hintergrund konnte Chris Stimmen hören.

Er handelte blitzschnell und sagte:

„Hier ist die Kriminalpolizei, bitte, öffnen Sie die Tür!"

Und tatsächlich, Chris hatte recht. Der Türsummer erklang und die Tür öffnete sich.

„Ich bin Chefinspektor Jäger und das ist meine Kollegin, Bezirksinspektor Herzog."

Die Frau, welcher Chris seinen Dienstausweis gezeigt hatte, stellte sich als Hermine Gerber vor, ihres Zeichens Assistentin von Dr. Jung.

Das Stimmengewirr, welches Chris am Telefon wahrgenommen hatte, stammte von zwei weiteren Damen. Es waren dies die Ordinationshilfen Petra Heller und Emma Nilsson.

„Sie wissen, dass Ihr Chef einem Gewaltverbrechen zum Opfer gefallen ist?", begann Chris die Befragung.

„Ja", antwortete Hermine Gerber, „man hat uns das so gesagt."

„Dann werden Sie auch verstehen, dass wir ein paar Fragen an Sie haben", fuhr Chris fort.

Fanni ging mit den beiden anderen Angestellten in einen separaten Raum, während Chris sich mit Hermine Gerber beschäftigte.

„Wie war das Verhältnis zu Ihrem Chef", begann Chris die Befragung.

„Wie meinen Sie das?", entgegnete Hermine Gerber skeptisch.

„War es eher amikal oder beschränkte es sich auf das rein Berufliche?"

„Er war mein Chef und ich war seine Assistentin", antwortete die Frau, die noch immer nicht verstand, worauf der Frager hinauswollte.

„Hatten Sie auch privaten Kontakt zu Dr. Jung?", versuchte Chris erneut sein Glück.

„Nein, was denken Sie", protestierte jetzt Hermine Gerber heftig, „ich bin verheiratet und habe zwei kleine Kinder zuhause."

„*Ich möchte nur wissen, ob Sie etwas über Ihren Chef wissen, das uns weiterhelfen könnte*", wagte Chris einen neuen Versuch.

Aber auch dieser lief ins Leere. Chris war sich sicher, dass diese Frau – selbst, wenn sie etwas gewusst hätte – niemals etwas Schlechtes über ihren Chef gesagt hätte.

„*War in letzter Zeit einmal ein Patient bei Ihrem Chef, den Sie zuvor noch nie gesehen haben?*", unternahm Chris einen letzten Versuch.

„*Nein*", kam die kurze, prägnante Antwort.

„*Vielleicht an einem Tag, an dem Sie nicht da waren?*", ergänzte Chris.

„*Ich habe noch nie gefehlt*", antwortete Hermine Gerber, „*da können Sie meine Kolleginnen fragen.*"

Der ChefInsp gab sich geschlagen. Gegen diesen Ordinations-Saurier hatte er nicht die geringste Chance.

Die Befragung der beiden anderen Angestellten durch Fanni ergab auch kein brauchbares Ergebnis, obwohl sie bei der jüngsten der drei Damen, Emma Nilsson, nicht so sicher war, ob sie den Herrn Doktor nicht vielleicht doch etwas näher kannte.

Als sie Chris das mitteilte, lachte er und sagte:

„Du weißt schon, dass du gerade ein altes Klischee bedienst."

„Was meinst du damit?", fragte Fanni und Chris antwortete:

„Blond, blaue Augen, lange Beine und supersexy."

Jetzt musste sogar Fanni lachen, denn genau so sah die junge Schwedin aus, die als Au-pair-Mädchen ins Land gekommen und geblieben war.

„Der Verbindungsnachweis der Telefongesellschaft ist gekommen", sagte Pauli, „und ratet einmal, was ich gefunden habe."

Pauli hatte es kaum erwarten können, seinen beiden Kollegen nach ihrer Rückkunft damit aufzuwarten.

„Mach es nicht so spannend", sagte Chris, der schon eine Vermutung hatte.

Und bevor Pauli antworten konnte, verdarb ihm Fanni den Spaß.

„Du hast die Nummer eines Wegwerfhandys entdeckt, genau wie bei unserem Mönch."

Pauli ging zum Schreibtisch von Fanni, die inzwischen dort Platz genommen hatte und warf ihr die Liste wortlos hin.

Seine Mine sprach Bände, und Chris reagierte sofort, indem er sagte:

„Sehr gute Arbeit, Pauli!"

Ein Lächeln in Paulis Gesicht zeigte, dass er damit wieder versöhnt war, zumal Fanni noch hinzufügte:

„Super Pauli; jetzt haben wir endlich etwas, wo wir ansetzen können."

„Aber heute nicht mehr", sagte Chris, *„jetzt machen wir Schluss und genießen unseren Feierabend. Ich lade euch in „Hertas Beisl" ein. Dort gibt es das beste Gulasch der Stadt und ein frisch gezapftes Bier."*

Die Wirtin selbst begrüßte Chris mit seinen Kollegen.

„Servus Christian, schön dass du wieder einmal vorbeischaust. Wie lange ist das her? Ich glaube das letzte Mal warst du mit deiner Jutta hier. Wie geht es ihr denn und der kleinen Petra?"

Pauli schaute Fanni fragend an. Fanni sagte ganz leise *„später"* zu Pauli, sodass Chris es nicht hören konnte.

Was Pauli nämlich nicht wissen konnte, war, dass Chris von Jutta geschieden war, und dass er seine Tochter Petra nur sehr selten zu Gesicht bekam, weil Jutta in die Nähe ihrer Eltern gezogen war, und das war fast 300 Kilometer entfernt.

„*Wollt's was essen?*", fragte die Wirtin Herta, „*ich bring euch gleich die Speisekarte.*"

„*Bring uns erst einmal drei Seidl Bier*", sagte Chris, und Herta antwortete:

„*Ihr seid's doch schon große Buben, die trinken Krügerl und keine Seidl.*"

Chris lachte und entgegnete:

„*Weißt du was, Herta, bring uns gleich drei Gulasch dazu.*"

„*Des is a Red*", antwortete die Wirtin und verschwand hinter ihrem Tresen.

„*Ich habe euch hierher eingeladen, weil ich euch etwas erzählen möchte*", sagte Chris, „*aber erst wollen wir unser Gulasch verspeisen. Es ist wirklich das beste in der ganzen Stadt.*"

Chris hatte nicht übertrieben. Seine beiden Gäste bestätigten dies aus vollem Herzen. Zum Verdauen brachte Herta noch einen „Zwetschkernen", einen Hausbrand, und dann begann Chris sein Herz auszuschütten:

„*Ich bin seit einigen Jahren geschieden. Der Beruf hat meine Ehe zerstört, weil ich mehr Zeit damit verbracht habe Verbrecher zu jagen, als mich um meine Familie zu kümmern.*

Anfangs war es schwer. Jutta brauchte sehr lange, um mit der Situation umzugehen, obwohl sie es war, die um die Scheidung gebeten hat.

Inzwischen geht es aber schon wesentlich besser. Ich mache sogar mit Petra, das ist meine Tochter, in ihren Ferien einen zweiwöchigen Wanderurlaub in Südtirol."

„Das ist ja wunderbar", sagte Fanni, die sowohl Jutta als auch Petra kannte.

„Was ich euch aber hauptsächlich erzählen wollte, ist eine ganz andere Geschichte", fuhr Chris fort. *„Es geht um Sabine. Genauer gesagt um ihren Tod.*

Sie ist vor wenigen Tagen in meinen Armen gestorben, und ich komme nicht darüber hinweg."

Tränen stiegen Chris in die Augen, und er hatte große Mühe weiterzusprechen. Fanni legte ihre Hand auf seinen Arm, und Chris empfand es wohltuend.

„Durch die Trennung von meiner Familie bin ich zum Eremit geworden, und ihr beide seid fast so etwas wie Familie für mich, zumal wir sehr viel Zeit miteinander verbringen.

Ich weiß, es ist egoistisch von mir, dass ich euch mit meinem Problem behellige, und ich würde es durchaus verstehen, wenn ihr jetzt aufstehen und gehen würdet."

„Du hast keine sehr hohe Meinung von uns", sagte Pauli, dem das „DU" gerade herausgerutscht war.

„Es tut mir leid", sagte Chris, und nach einer kurzen Pause:

„Ich werde euch jetzt die Geschichte von zwei kleinen Kindern erzählen, die irgendwann Blutsbrüderschaft geschlossen haben, und die seit jener Zeit immer füreinander da waren."

Als Chris mit seiner Geschichte fertig war, sah er in die Gesichter seiner beiden Kollegen, in welchen sich Betroffenheit erkennen ließ.

„Es fällt mir schwer damit fertig zu werden. In mir ist etwas, das den Tod von Sabine nicht zulassen will. Der Verstand will es; aber mein Herz lässt es nicht zu."

Fanni legte ihre Hand erneut auf den Arm von Chris und sagte:

„Es war richtig, dass du uns deine Geschichte erzählt hast; sie hätte dich sonst aufgefressen. Man kann eine solch schwere Last nicht allein tragen, und schließlich sind Freunde auch dazu da."

„Ich danke dir, Fanni und auch dir, Pauli", entgegnete Chris, *„jetzt ist mir viel leichter."*

Auch Chris war das „DU" zu Pauli passiert, ganz einfach so, ohne großes Brimborium.

Die drei Menschen, die gerade zu Freunden geworden waren, saßen noch lange zusammen.

Wo noch vor Stunden eine große Tristesse die kleine Schar umschlossen hielt, war diese jetzt einer Leichtigkeit und einer Fröhlichkeit gewichen, die tief in ihre Herzen eingedrungen war.

Als die anderen Gäste schon alle gegangen waren, sperrte die Wirtin Herta die Tür ab und gesellte sich zu den drei Freunden.

Die eine oder andere Lage Zwetschkernen ließ sie dann, lange nach Mitternacht, auf schwankendem Boden nach Hause gehen.

*****

Der nächste Morgen begann mit einem „Brainstorming", dessen Durchführung noch stark von dem üppigen Alkoholkonsum der vergangenen Nacht beeinträchtigt wurde.

„*Es muss einen Zusammenhang geben zwischen den Morden*", sagte Christ, „*wir müssen ihn nur finden.*"

„*Einen haben wir ja schon*", ergänzte Pauli, „*die Anrufe von einem Wegwerfhandy.*"

„*Ich glaube, es gibt noch einen*", sagte Fanni.

„*Und das wäre?*", fragte Chris.

„*Das Alter*", antwortete Fanni, „*beide Männer haben dasselbe Geburtsjahr.*"

„*Ja, schon*", erwiderte Chris, „*nur, dass unser erstes Opfer nicht dazu passt. Marianne Ziegler war wesentlich jünger.*"

„*Scheiße*", entfuhr es Pauli, was in Anbetracht dieser Tatsache auszusprechen durchaus vertretbar war.

„*Und was machen wir jetzt?*", fragte Fanni.

„*Wir fangen wieder von vorne an. Was sollen wir sonst machen*", sagte Chris, und in seiner Stimme schwang ein wenig Resignation mit.

Er hatte mit seinem Team schon viele Gewaltdelikte lösen können; aber in diesem Fall schienen sie festzustecken.

Das wurde auch nicht leichter, als nach weiteren zwei Wochen ein vierter Mord hinzukam.

Und was allem die Krone aufsetzte, war der Fundort der Leiche. Es war wieder das kleine Wäldchen neben der Autobahn.

„Es ist ganz offensichtlich, dass der Täter will, dass wir seine Opfer finden. Das ist an Perfidität nicht mehr zu übertreffen", schäumte Chris vor Wut.

„Wir haben wieder unsere Übereinstimmung", sagte Pauli.

„Das Opfer heißt Margot Weißenthaler, 60 Jahre alt und Gattin eines Apothekers in der Nachbarstadt."

„Wie weit ist das von hier entfernt?", fragte Chris.

„Schätzungsweise 70 bis 80 Kilometer", antwortete Pauli, *„aber ich kann nachsehen und es dir genauer sagen, wenn du möchtest."*

„Nicht nötig", antwortete Chris, *„das spielt keine wesentliche Rolle.*

„Die Stigmatisierung des Opfers gleicht aufs Haar den anderen Opfern", sagte Fanni, *„und ich bin sicher, dass der Telefonverbindungsnachweis wieder die Nummer eines Wegwerfhandys aufweist."*

„Dann lasst uns einmal den Gatten der Toten aufsuchen", sagte Chris, *„vielleicht kann der ja ein wenig Licht ins Dunkel bringen."*

Zu diesem Zeitpunkt konnte noch keiner der drei Kriminalisten ahnen, wie sehr Chris mit seiner Bemerkung recht haben würde.

Engelbert Weißenthaler, der Apotheker war um einiges älter als seine ermordete Gattin. Er nahm die

Nachricht vom Ableben seiner Gattin sehr gelassen hin, was doch zu einigem Erstaunen führte.

„Kommen Sie bitte mit in meine Wohnung", sagte er zu Chris gewandt, *„da können wir ungestört reden."*

Als sie in der Wohnung, die oberhalb der Apotheke lag, angekommen waren, führte sie der Apotheker in das Wohnzimmer und hieß sie Platz zu nehmen.

Er ging zu einem Buffet, das wohl noch von seinen Eltern stammte, entnahm diesem vier Gläser und stellte sie auf den Tisch.

Dann holte er eine Flasche und goss, ohne die Anwesenden zu fragen, aus einer Flasche eine dunkle Flüssigkeit ein.

„Das ist ein Zitronenmelisse-Likör", sagte der Apotheker, *„den habe ich selbst angesetzt. Er besteht aus Wodka, Zitronenmelisse und braunem Zucker. Er wirkt beruhigend, schlaffördernd und entkrampfend."*

Die drei Kriminalisten schauten einander an. Dieser Mann, vollkommen in sich ruhend, hatte gerade seine Gattin auf grausame Art verloren und erklärte ihnen jetzt, wie man einen Likör ansetzt.

Wie paralysiert nahmen die drei ihr Glas in die Hand und nippten vorsichtig an dem Gebräu.

„Und?", fragte der Apotheker, *„wie mundet er Ihnen?"*

Allein die Formulierung dieser Frage, die antiquierte Wohnungseinrichtung, und ein Mann, der eine Fliege um den Hals gebunden hatte, in einer Zeit, wo sogar die Krawatten Angst um ihre Existenz haben mussten, ließen erkennen, dass er in einer anderen Zeit hängen geblieben war.

„Dürfen wir Ihnen unser Mitgefühl zu dem tragischen Tod Ihrer Gattin aussprechen?", sagte Chris, der sich nicht sicher war, wie er die Befragung beginnen sollte, und ob diese überhaupt sinnvoll sein würde.

„Sie dürfen, junger Freund", antwortete der Apotheker, *„und bevor Sie sich Gedanken darüber machen, warum ich scheinbar nicht daran zerbreche, darf ich Ihnen sagen, dass meine Generation die Gefühle nicht nach außen trägt."*

Jetzt übernahm Fanni das Reden. Sie hatte bemerkt, dass Chris sich offenbar mit dem Sprachduktus dieses Mannes schwertat.

„Wir haben schon drei Mordfälle, die mit dem an Ihrer Ehefrau Gemeinsamkeiten aufweisen; aber wir konnten bisher keine weiterführenden Erkenntnisse hinzufügen.

Deshalb möchten wir gern ein paar Fragen zu Ihrer Ehefrau stellen, wenn das für sie akzeptabel ist."

„Vielleicht hängt das mit dem Klassentreffen meiner Gattin zusammen", sagte der Apotheker.

Das waren die magischen Worte, die explosionsartig in die Ohren und in die Gehirne der Kriminalisten eindrangen.

„Was für ein Klassentreffen?", fragte Chris.

„So genau weiß ich das auch nicht", antwortete der Apotheker, *„meine Gattin war als Kind in einem Internat, und alle zwei Jahre halten die ehemaligen Schüler, die mit Margot in einer Klasse waren, ein Treffen ab."*

„Kennen Sie die Klassenkameraden von Ihrer Gattin?", fragte Fanni, und der Apotheker antwortete lächelnd:

„Ich habe mit dem jungen Gemüse nichts zu tun, das interessiert mich nicht."

„Aber geheiratet hast du so ein junges Gemüse", dachte Pauli in diesem Augenblick, einer aufkeimenden Aggression geschuldet und fragte:

„Haben Sie Kinder, Herr Weißenthaler?"

Fanni schaute überrascht und ein wenig vorwurfsvoll zu ihrem Kollegen. Wenn sie auch nur bedingt Sympathie für den alten Apotheker empfand, so rechtfertigte das keinesfalls Respektlosigkeit.

Und die Frage von Pauli ging sehr wohl in diese Richtung, sie sollte einfach nur provozieren. Der Apotheker hatte das sehr wohl verstanden. In einer erhabenen Manier antwortete er:

„Ich habe fünf Kinder mit meinen drei ersten Ehe-frauen; mit Margot habe ich keine Kinder. Ich hoffe, dass ich damit Ihre Frage zu Ihrer Zufriedenheit be-antwortet habe."

Pauli zuckte zusammen und Chris lächelte. Das war eine Lehrstunde in Überheblichkeit, abgehalten von einem Mann, der locker der Großvater von Pauli hätte sein können.

„Können Sie uns bitte sagen, wie das Internat heißt, in welchem Ihre Gattin zur Schule ging?", fragte Fanni, und der Apotheker antwortete:

„Das kann ich, junge Dame, ich muss nur kurz nachsehen."

Wenig später verließen die drei Kriminalisten den Apotheker mit dem Namen des Internats und einer Flasche *„Weißenthalers Zitronenmelisse-Likör"*, welche der Apotheker Fanni geschenkt hatte, die er als einzige für würdig empfand diesen kostbaren Trank geschenkt zu bekommen.

Auf der Rückfahrt machte sich eine euphorische Stimmung im Wageninneren breit. Chris brachte es auf den Punkt, als er sagte:

„Jetzt haben wir sie endlich gefunden, die berühm-te Nadel im Heuhaufen."

*****

Die Kriminalisten hatten von dem Apotheker den Namen des Internats erhalten und stellten zu ihrer großen Überraschung fest, dass sich diese Einrichtung nicht allzu weit vom Fundort der Leichen befand.

„Für mich steht außer Zweifel, dass die Morde mit dem Internat in Verbindung stehen", sagte Fanni, als sie über das weitere Vorgehen beratschlagten.

„Dann sollten wir dieser Eliteschule schnellstens einen Besuch abstatten", fügte Pauli hinzu.

„Das könnt ihr beiden machen", sagte Chris, *„ich fahre noch einmal zum Minister."*

„Wäre es nicht gescheiter, ich würde das machen?", fragte Fanni, *„er kennt mich inzwischen schon recht gut."*

Spätestens als Chris mit einem breiten Grinsen antwortete, *„ja, wenn das so ist"*, bemerkte Fanni, dass Chris ihr einen Streich gespielt hatte.

Sie fühlte, wie ihr das Blut in den Kopf stieg, und mit einem *„du Schuft!"* nahm sie ihre kleine Umhängtasche und verließ den Raum.

Die kleine Tasche war das Ersatzbehältnis für ein Holster, in welchem man für gewöhnlich seine Waffe am Körper trägt. Fanni mochte das nicht, und es war ein schwerer Kampf, bis sie die Genehmigung dafür bekam.

Genaugenommen bekam sie nie eine solche Erlaubnis. Chris hatte nur irgendwann aufgehört dagegen zu opponieren.

Als Chris und Pauli die Direktorin des Internats aufsuchten und ihr die Namen der vier Mordopfer vorlegten, zeigte sich diese bestürzt.

„Wieso glauben Sie, dass ein ehemaliger Schüler unseres Internats zu einer solchen Gräueltat fähig sein könnte", fragte sie entrüstet und fügte noch hinzu:

„Zu uns kommen nur Kinder aus den besten Häusern und den angesehensten Familien."

„Das mag ja sein, Frau Geretschläger", wollte Chris einwenden, wurde aber rüde unterbrochen.

„Frau Direktor Dr. Geretschläger, wenn ich bitten darf!"

„Ist es nicht so, Frau Direktor", machte Chris einen erneuten Versuch, *„dass das Böse weder auf Stand, noch auf Religion oder Hautfarbe Rücksicht nimmt?"*

Nachdem die Frau Direktor Dr. Geretschläger darauf nicht reagierte, mischte sich jetzt Pauli ein und sagte:

„Überprüfen Sie doch bitte ganz einfach die vier Namen; dann sind Sie uns schon wieder los."

Die Internatsleiterin nahm ihr Telefon und wies eine untergeordnete Person an, sie möge zeitnah bei ihr vorstellig werden.

Es dauerte auch nur einen kleinen Augenblick und eine junge, sympathische Frau klopfte an und trat ein.

„Überprüfen Sie bitte diese Namen, ob die angeführten Personen jemals in unserem Internat verweilt haben."

Die junge Frau sagte brav *„Jawohl, Frau Direktor"* und entschwand. Als sie Minuten später abermals anklopfte und eintrat, vermieste sie ihrer Chefin den Tag mit den Worten:

„Drei dieser Personen waren tatsächlich Schüler in unserem Internat."

„Was ist mit der vierten Person?", fragte Chris umgehend, und die junge Frau antwortete:

„Eine Frau Marianne Ziegler konnte ich nicht finden. Kann es sein, dass sie vielleicht durch Heirat ihren Namen geändert hat?"

„Nein", sagte Chris, *„Fräulein Ziegler war nie verheiratet."*

„Was der Name der anderen Frau betrifft, so habe ich sie unter <Margot Heuß> gefunden. Die Geburtsdaten von ihr, sowie von Manfred Brunner und Franz Jung sind mit unseren Unterlagen identisch."

„Gibt es so etwas wie ein Jahrbuch mit Bildern der Schüler?", fragte Chris und bevor die junge Frau darauf antworten konnte, sagte die Frau Direktor:

„Natürlich gibt es das. Besorgen Sie es bitte, Frau Brenner!"

„Und wenn es möglich ist, dann hätten wir gern noch eine Liste der Schüler von der Klasse, welcher die drei Personen angehörten", sagte Chris.

Das Kopfnicken der Frau Direktor in Richtung Frau Brenner bekundete die nötige Zustimmung.

„Ich bin erschüttert, meine Herren", sagte die Direktorin, die gerade dabei war von ihrem hohen Ross herunterzusteigen, um sich in die Niederungen der beiden Besucher zu begeben.

Chris hatte es bemerkt und schickte schnell nach:

„Wenn Sie uns freundlicherweise noch die Adressen dazugeben könnten, wäre das enorm hilfreich für uns."

„Ist das mit dem Datenschutz überhaupt vereinbar?", kam der zögerliche Einwand seitens der Direktorin.

„Bei Mord gibt es keinen Datenschutz", antwortete Chris in der Hoffnung damit das Besorgen eines richterlichen Beschlusses umgehen zu können.

Die Direktorin schluckte den Köder. Sie ergriff zum wiederholten Male ihr Telefon und wählte die Nummer von Frau Brenner, um ihr zu bedeuten, sie möge die Liste mit den aktuellen Wohnadressen der ehemaligen Schüler ergänzen.

*****

„Ich habe die Namen durch unsere Datenbank geschickt", sagte Pauli, *„und ich habe einen Treffer gelandet."*

„Und, was hast du?", fragte Chris.

„Udo Wächter, mehrfache Körperverletzung und Vergewaltigung", antwortete Pauli.

„Und das von einem ehemaligen Schüler eines Elite-Internats", konnte sich Fanni nicht verkneifen.

„Dann wollen wir uns den Herrn einmal zur Brust nehmen", sagte Chris, *„ich besorge uns sofort einen Haftbefehl."*

Als Udo Wächter Stunden im Verhörraum saß, war ihm eine starke Aggression anzusehen. Seine erweiterten Pupillen ließen auf die Einnahme von Drogen schließen, und seine Alkoholfahne flatterte im Wind.

„*Wieso habt ihr mich verhaftet, ihr Bullenschweine?*", giftete er in Richtung Chris und Fanni, die ihm gegenübersaßen.

„*Jetzt komm erst einmal runter, Udo*", sagte Chris, „*oder wir lassen dich so lange in der Zelle schmoren, bis du dich wieder beruhigt hast.*"

„*Ich will sofort einen Anwalt, das steht mir zu*", sagte Udo Wächter und sah Chris dabei provozierend an.

„*Wir haben doch nur ein paar Fragen an Sie, Herr Wächter*", übernahm jetzt Fanni mit großer Ruhe und Freundlichkeit, was aber nicht wirklich funktionierte.

„*Mit Bullenschlampen rede ich nicht*", erwiderte Udo und lachte dabei auf eine Art, welche den Verdacht auf die Einnahme berauschender Substanzen bestätigte.

„*Das hat keinen Sinn*", sagte Chris, „*der Mann ist zu bis obenhin.*"

Er beendete die Befragung und wies den uniformierten Kollegen an den Beschuldigten wieder in seine Zelle zu bringen.

„*So kommen wir vorerst nicht weiter*", sagte Chris, „*wir bräuchten jemand, der uns etwas über die Zeit im Internat berichten könnte. Lasst uns die Kontakte anrufen, bei denen auf der Liste eine Telefonnummer angegeben ist. Vielleicht haben wir ja Glück.*"

Glück ist ein ebenso wesentlicher Faktor bei der Suche nach Verbrechern wie der Zufall. Und beides traf bei der Durchsicht der Liste zu.

„Ich glaube es nicht", sagte Fanni voller Erstaunen, *„die kenne ich."*

„Was meinst du?", fragte Chris.

„Elfi Haberland steht auf der Liste", antworte Fanni, *„die kenne ich. Jetzt heißt sie allerdings Elfi Koch. Sie hat ein kleines Gymnastik-Studio in der Bernsteingasse."*

„Und wieso kennst du sie?", fragte Chris.

„Weil ich dort Pilates mache", antwortet Fanni.

„Ist das die Herumhüpferei von der Jane Fonda?", fragte Pauli spöttelnd.

„Nein, du Affe", antwortete Fanni, *„was du meinst ist Aerobic. Pilates ist ein ganzheitliches Körpertraining. Es wird auch manchmal zur Rehabilitation nach Unfällen eingesetzt. Das würde dir auch nicht schaden."*

„Das ist doch eher etwas für Mädchen", hörte Pauli nicht auf, *„müsste ich da ein Röckchen anziehen?"*

Bevor dieses verbale Scharmützel noch weiter ausufern konnte, sagte Chris:

„Hört auf mit dem Quatsch, und lasst uns wieder ernsthaft an der Lösung des Falles arbeiten."

„Wie gut kennst du diese Elfi?", fragte Chris, „glaubst du, sie könnte uns weiterhelfen?"

„Wir sind befreundet", antwortete Fanni, „und ich bin sicher, dass sie uns helfen wird, so gut sie kann."

„Das ist ja wunderbar", sagte Chris, „dann sieh zu, dass du sie hierherbringen kannst."

„Ich werde sie gleich anrufen", erwiderte Fanni, „vielleicht hat sie Zeit."

Als das Gespräch beendet war, sagte Fanni, dass Elfi Koch gleich am nächsten Morgen zeitig kommen wolle. Untertags und am Abend hätte sie Kurse abzuhalten.

Es war noch vor 8 Uhr morgens, als Elfi Koch in der Dienststelle vorbeikam. Chris und Pauli waren noch gar nicht da.

„Ich danke dir, dass du gekommen bist", begrüßte Fanni ihre Freundin. „Meine beiden Kollegen werden auch gleich da sein."

„Sehr gern, Fanni", antwortete Elfi, deren wirkliches Alter man auf den ersten Blick nicht erkennen konnte, „ich will euch gern helfen, wenn ich kann."

Inzwischen war das „Dream-Team" komplett. Chris bedankte sich ebenfalls bei Elfi für ihre Bereitwilligkeit ihnen zu helfen.

„Warum haben Sie sich nicht gemeldet?", fragte Chris, *„Sie haben doch sicher von den Morden gelesen."*

„Erstens waren – im Gegensatz zu den Nachnamen der Toten - nur die Vornamen in Gänze abgedruckt, und zweitens ist es Jahrzehnte her, dass ich Kontakt zu ihnen hatte", antwortete Elfi leicht verärgert über die Frage des Chefinspektors.

Chris hatte bemerkt, dass er in ein Fettnäpfchen getreten war, und der strafende Blick seiner Kollegin tat sein Übriges.

„Bitte, verzeihen Sie mir meine Unbedachtheit, Frau Koch, ich wollte Ihnen keinesfalls zu nahetreten."

„Sei ihm nicht böse, liebe Elfi", sagte Fanni mit einem Augenzwinkern, *„unser Chris ist noch jung; aber er ist lernfähig, nicht wahr Chris?"*

Damit war das Eis gebrochen, und Pauli trug das Seine dazu bei, indem er sagte:

„Ich hole uns erst einmal einen Kaffee."

„Was können Sie uns über Udo Wächter sagen?", begann Chris mit seinen Fragen an die Besucherin.

„Udo Wächter ist der Sohn des damaligen Hausmeisters", antwortete Elfi Koch, „ein äußerst unangenehmer Zeitgenosse."

"Wie konnte sich ein Hausmeister das leisten seinen Sohn auf diese Schule zu schicken?", fragte Chris.

„Weil Udo praktisch ein Externer war", antwortete Elfi Koch, „er schlief und aß ja zuhause."

„Sie sagten, Wächter war ein unangenehmer Kerl", fragte Chris weiter, „wie äußerte sich das?"

„Er grabschte gern Mädchen an", antwortete Elfi. Bei mir hat er es auch einmal probiert; aber ich habe ihm eine drum Watschen aufgelegt, dass ihm die Lust vergangen ist."

„War er auch gewalttätig?", fragte Chris.

„Oh ja", antwortete Elfi, „sehr sogar. Er war ständig in Rauferien mit anderen Mitschülern verwickelt."

„Würden Sie ihm auch einen Mord zutrauen?"

Das war die Königsfrage, und Elfi schaute Chris eine Weile an, bevor sie antwortete:

„Grundsätzlich traue ich jedem Menschen alles zu; aber Udo - ein Mörder?"

Elfi machte eine kurze Pause, bevor sei weiterfuhr:

„*Ich glaube eher NEIN; dazu ist Udo Wächter nicht intelligent genug.*"

Chris war über diese Antwort gleichermaßen erstaunt, wie auch Fanni und Pauli.

„*Was kannst du uns über Manfred Brunner, Franz Jung und Margot Heuß sagen?*", fragte jetzt Fanni weiter.

„*Das vierblättrige Kleeblatt*", antwortete Elfi Koch, „*die waren echt schlimm. Alkohol, Nikotin, ab und zu auch schon einmal ein Joint. Margot wäre fast von der Schule geflogen, weil sie erwischt worden war. Ein großzügiger Scheck ihres Vaters hat das damals gerade noch verhindern können.*"

„*Du sagtest vierblättriges Kleeblatt*", setzte Fanni nach, „*wer war der oder die dritte?*"

„*Ewald Zeitler*", antwortete Elfi, „*der müsste euch aber eigentlich bekannt sein. Er ist Motorradrennen gefahren und sehr jung tödlich verunglückt.*"

„*Das war wohl vor meiner Zeit*", sagte Chris und Pauli stimmte dem zu.

„*Und ich habe mich nie für Motorradrennen interessiert*", ergänzte Fanni das Trio der Unwissenheit.

„*Ist ja auch nicht so wichtig*", sagte Elfi Koch mit einem Lächeln.

„*Und du hast später nie Kontakt mit denen gehabt?*", fragte Fanni.

„*Nein*", antwortete Elfi Koch, „*ich habe nie wirklich dazu gehört; ich war wohl zu spießig.*"

„*Haben Sie nie Lust verspürt an den Klassentreffen teilzunehmen, die alle zwei Jahre stattgefunden haben?*"

„*Ach die*", sagte Elfi Koch lapidar, „*ich habe nie verstanden, wozu solche Treffen gut sein sollen. Das ist doch nur ein Stelldichein für Renommiergehabe und gegenseitigem Taxieren von figürlichen Veränderungen.*

Und obwohl ich nie daran teilgenommen habe, flattert mir alle zwei Jahre wieder eine Einladung ins Haus."

„*Hast du die letzte noch?*", fragte Fanni.

„*Ich bin mir nicht sicher, ob ich sie nicht weggeworfen habe*", antwortete Elfi Koch, „*ich müsste zuhause nachsehen.*"

„*Sagt Ihnen der Name Marianne Ziegler etwas?*", fragte Chris, und ohne lange nachzudenken, antwortete Elfi Koch:

„*Nein, wer ist das?*"

„*Das war unser erstes Mordopfer*", antwortete Chris.

Er sah seine beiden Kollegen an und sagte dann:

„Ich denke, das war alles für den Moment. Ich danke Ihnen ganz herzlich, Frau Koch! Sie haben uns wirklich sehr geholfen. Vielleicht können wir Sie als kleines Dankeschön einmal zum Essen einladen, wenn das alles vorbei ist. Ich würde mich sehr darüber freuen."

„Sehr gern, Herr Chefinspektor", antwortete Elfi Koch und verabschiedete sich von den drei Kriminalbeamten.

Fanni fiel auf, dass Chris ihre Hand besonders lang hielt, und sie hätte sich nicht gewundert, wenn Chris sie anschließend gefragt hätte, ob Elfi verheiratet wäre. Und das, obwohl Elfi altersmäßig seine Mutter hätte sein können…

*****

Chris hatte die Idee gehabt den inhaftierten Udo Wächter noch einmal zu befragen, bevor die 24 Stundenfrist abgelaufen wäre.

„Hör gut zu, Udo", sagte Chris, *„wir wissen, dass du auf Bewährung bist. Dein Verhalten bei der Festnahme wird der Staatsanwalt als Widerstand gegen die Staatsgewalt werten. Und dazu kommt noch Beamtenbeleidigung.*

Das dürfte ausreichen dich für lange Zeit wegzu-sperren. Ich werde gleich entsprechende Schritte ein-leiten. Schade, dass du nicht kooperieren willst."

„Wenn ich kooperiere, bleibt mir dann der Knast erspart?", kam der zögerliche Versuch von Udo Wächter. Chris musste unwillkürlich an die Bemer-kung von Elfi Koch denken, die mangelnde Intelli-genz des Mannes betreffend.

„Das kommt ganz darauf an, welche Informatio-nen du uns über deine Mitschüler im Internat geben kannst", antwortete Chris.

„Oh, da hätte ich einiges anzubieten", drang es hoffnungsfroh aus Udo Wächters Mund.

„Dann schau dir diese Liste an und sag uns, was du über die einzelnen Namen weißt", sagte Chris und schob ihm die Liste hin.

Udo Wächter nahm die Liste und ging sie von oben bis unten durch.

Als er bei einem Namen sagte *„der hat sich umge-bracht",* unterbrach ihn Chris und sagte.

„Wer hat sich umgebracht und warum?"

„Der Schwuli Berni Körner", antwortete Udo Wächter.

Chris nahm die Liste und sah, dass ihnen der frühe Todeszeitpunkt von Bernhard Körner gar nicht aufgefallen war.

Wohl deshalb, weil schon einige der aufgelisteten, früheren Schüler verstorben waren.

„Warum hat sich Bernhard Körner umgebracht?", setzte Chris nach.

„Was weiß ich", antwortete Udo Wächter, *„aus Liebeskummer oder so."*

„Geht es etwas genauer?", bohrte Chris weiter.

Jetzt bekam Udo Wächter lange Ohren. Er sah seine große Chance dem Knast entgehen zu können. Er wiegelte mit seinem Kopf hin und her und sagte dann:

„Wenn Sie mir versprechen, natürlich nur vor Zeugen, dass die Anklage gegen mich fallengelassen wird, dann fällt mir vielleicht noch etwas ein."

Chris tat, als müsse er abwägen, ob er sich auf diesen Deal einlassen sollte, ließ sich dabei ein wenig Zeit und antwortete dann:

„Wenn die Information von Bedeutung ist, dann verspreche ich, im Beisein von Bezirksinspektor Herzog, dass es keine Anklage gegen Sie geben wird."

Udo Wächter streckte dem ChefInsp die Hand entgegen und sagte:

106

„*Deal?*"

Chris ergriff widerwärtig die Hand seines Gegenüber und bestätigte mit: „*Deal!*"

Und dann sagte Udo Wächter etwas, das wie eine Bombe einschlug:

„*Auf Ihrer schlauen Liste fehlt ein Name: Bodo von Heimerath.*"

Chris sah die Liste durch, konnte aber den Namen nicht finden.

„*Was ist mit dem Mann?*", fragte Chris und Udo Wächter ließ die nächste Bombe platzen:

„*Der liebe Bodo war das Schatzilein von Berni.*"

„*Soll das heißen Bernhard Körner und dieser Bodo von Heimerath pflegten eine intime Beziehung?*", fragte Chris völlig aufgeregt.

„*So kann man das auch nennen, Herr Chefinspektor*", antwortete Udo Wächter, „*ich nenne solche Schwulis ganz einfach Arschficker, wenn Sie erlauben.*"

Chris empfand in diesem Augenblick Ekel und eine unbändige Wut, und er musste sich sehr beherrschen dieser nicht nachzugehen. Stattdessen fragte er:

„*Wieso steht dieser Mann nicht auf der Liste?*"

„Das weiß ich nicht", antwortete Udo Wächter, *„das müssen Sie die Internatsleitung fragen.*

Kann ich jetzt gehen?", fragte Udo Wächter, und Chris antwortete:

„Jetzt machen wir erst einmal ein Protokoll, und wenn Sie das Protokoll unterschrieben und wir Ihre Angaben überprüft haben, dann können Sie gehen."

Chris bat Fanni, sie möge ihre Freundin Elfi anrufen und fragen, ob es diesen Bodo von Heimerath gegeben habe.

Und tatsächlich, Elfi bestätigte es. Sie hatte nur nicht daran gedacht, weil der Name nicht in der Liste vermerkt war.

„Dann wollen wir der verehrten Frau Direktor Dr. Geretschläger einen weiteren Besuch abstatten", sagte Chris, *„und das wird sicher kein erfreuliches Wiedersehen werden."*

*****

„Glauben Sie, ich habe nichts anderes zu tun, als der Polizei bei der Suche nach einem Mörder zu helfen?"

Mit diesen Worten begrüßte die Leiterin des Internats die beiden Kriminalbeamten.

„Bodo von Heimerath", sagte ChefInsp Chris Jäger betont langsam, und jeder Buchstabe zerging ihm wie süße Schweizer Schokolade auf der Zunge.

Diese drei Worte zeigten Wirkung. Die Direktorin zuckte merklich zusammen.

„Was ist damit?", fragte sie gespielt lässig, und Chris antwortete:

„Das war ein ehemaliger Schüler von Ihnen."

„Ach so? Der Name sagt mir nichts. Das muss wohl vor meiner Zeit gewesen sein", gab sich die Direktorin weiterhin ahnungslos.

„Ganz wie Sie wollen, Frau Geretschläger" sagte der ChefInsp, *„dann bestelle ich Sie in die Polizeidirektion ein, und dort werden Sie – im Beisein von Oberstaatsanwalt Birngruber – Rede und Antwort stehen, wenn Ihnen das lieber ist."*

Frau Direktor Dr. Geretschläger traf jedes Wort wie ein Peitschenschlag. Und auch, dass sie gerade ohne ihre Titel angesprochen worden war.

Natürlich hatte sie sich – schon nach dem ersten Besuch der Polizei – kundig gemacht über die Klasse, welcher die drei Mordopfer angehört haben.

Und natürlich hatte sie die interne Akte über einen gewissen Vorfall studiert, in welchen die Schüler Bernhard Körner und Bodo von Heimerath involviert gewesen waren.

Die Gesichtsfarbe der Internatsleiterin wechselte wie wild hin und her. Zornesröte und Angstblässe gaben sich die Hand.

„Jetzt einmal ganz langsam, Herr Chefinspektor", sagte die Frau Direktor, *„bedenken Sie, dass es sich um sehr sensible Daten handelt."*

Elvira Geretschläger, die sich gerade völlig nackt fühlte, befand sich gerade in einer Art „geordneter Rückzug". Es war das erste Mal, dass ihr ein Gegner Paroli geboten hatte, ja vielleicht sogar ihr ein wenig überlegen war.

Chris, der seine Gegnerin längst durchschaut hatte, spielte das Spiel mit.

„Gehen wir!", sagte er zu BezInsp Obermann, *„da soll sich jetzt der Oberstaatsanwalt darum kümmern."*

Die beiden Kriminalbeamten standen auf und waren schon fast bei der Türe angelangt, als sie eine eher schüchterne Stimme aufforderte:

„Bitte, bleiben Sie; ich werde Ihnen alles sagen, was Sie wissen wollen."

Was dann kam, war ungeheuerlich. Es war eine Geschichte über die Macht des Geldes über die Moral.

Als Bernhard Körner Suizid begangen hatte, und die Beziehung zu Bodo von Heimerath offenbar war, kam der feine Herr Papa, Baron Waldemar von Heimerath und zückte sein Scheckbuch.

Es ging schließlich um den guten Ruf des Internats, den es mit allen Mitteln zu schützen galt. Ergo wurde der unangenehme Vorfall schlichtweg als Unfall deklariert.

Der Name Bodo von Heimerath verschwand aus den Unterlagen, gerade so, als hätte es diesen Menschen nie gegeben, und der Herr Baron nahm seinen missratenen Sohn mit nachhause.

Chris schaute die Internatsleiterin eindringlich an, die gerade die Hölle durchwanderte. Sie hielt diese Position schon über viele Jahre inne, und sie genoss es jeden Tag. Und jetzt wurde sie von einer Vergangenheit eingeholt, auf die sie noch nicht einmal Einfluss gehabt hatte, weil er zu jener Zeit noch ein Niemand war.

„*Ich weiß nicht, wie Sie sich fühlen, Frau Direktor Dr. Geretschläger*", sagte Chris betont langsam, „*aber mir wird gerade speiübel.*"

„*Das war alles lange vor meiner Zeit*", versuchte sich die Internatsleiterin zu rechtfertigen, aber Chris ließ es nicht zu.

„*Wollen Sie mir ernsthaft weismachen, dass Sie von dieser Geschichte nichts wussten, Frau Geretschläger?*", fragte Chris mit erhobener Stimme.

„Nein, natürlich nicht", antwortete die Frau, die gerade von ihrem Sockel gestürzt worden war, und Chris entgegnete:

„Dann sind Sie genau so mitschuldig, auch wenn Sie damals nicht persönlich dabei waren. Sie predigen Ihren Schülern Anstand und Moral und besitzen von Beidem nicht das Geringste. Sie tun mir leid…"

*****

„Jeder nimmt sich ein paar Namen von der Liste und ruft an", sagte Chris, *„irgendjemand muss doch etwas wissen von diesem Bodo."*

Der Versuch bei der verwitweten Baronin Clementine von Heimerath etwas in Erfahrung bringen zu können verlief ins Leere. Sie war dement und lebte seit einigen Jahren in einem Seniorenstift.

Die Nachfrage bei den Zentralregistern von Österreich und Deutschland ergaben zur großen Überraschung ebenfalls keinen Treffer.

Am Ende der Telefonaktion war die Ausbeute ihrer Bemühungen eher spärlich. Die Angaben der paar ehemaligen Klassenkameraden, die glaubten etwas zu wissen, waren mehr oder weniger wertlos.

Sie reichten von „*verschollen am Amazonas*", über „*ausgewandert nach Australien*" bis hin zum „*Eintritt in die Fremdenlegion*".

„*Das hat alles keinen Sinn*", sagte Chris, „*wir müssen neu ansetzen.*"

„*Wie wollen wir das machen?*", fragte Pauli.

„*Ich rufe jetzt den Pathologen an und bitte ihn zu uns zu kommen. Wir bündeln unsere Kenntnisse. Wir legen sie auf den Tisch, mischen sie gut durch und vielleicht entdecken wir etwas, was wir bisher übersehen haben.*"

Chris wählte die Nummer des Pathologen; aber niemand meldete sich.

„*Dann müssen wir den Herrn eben persönlich einladen*", sagte Chris und bat Pauli darum das zu übernehmen.

Als Pauli in die Pathologie kam, hörte er laute Musik. Er war zwar kein ausgemachter Kenner klassischer Musik, erkannte aber sehr wohl den Komponisten.

„*Das ist Wagner, was für eine schreckliche Musik!*"

Mit diesem Gedanken verhaftet schaute er nach dem Pathologen, jedoch ohne ihn gleich zu finden.

Er folgte daher dem Klang der Musik, welche ihn zu den Duschräumen führte. Und dann wurde er fündig.

Als er die Tür zum Duschraum öffnete, aus welcher ihm die Musik überlaut entgegendrang, blickte er auf die nackte Rückansicht des Pathologen.

Er rief seinen Namen, was dieser jedoch überhörte. Dr. Dr. Michael Winter sang mit Inbrunst zur Musik und konnte daher das Rufen des BezInsp nicht hören.

Pauli trat einen Schritt näher und bemerkte auf der Schulter des Pathologen eine Tätowierung.

Es war das Abbild einer siebenflammigen Granate, das Abzeichen der Légion étrangère.

Pauli erschrak zutiefst. Er nahm allen Mut zusammen und rief noch einmal den Namen des Mediziners.

Zuvor war er aber wieder ein paar Schritte zurückgegangen, denn er wollte nicht, dass der Pathologe davon ausgehen musste, Pauli hätte die Tätowierung sehen können.

Er schrie mehrmals laut den Namen des Pathologen, der sich erschrocken umdrehte. Er registrierte, dass sich der BezInsp in einem Abstand zu ihm befand, der es ihm nicht ermöglichen konnte seine Tätowierung zu sehen.

„Was verschafft mir die Ehre Ihres Besuches, mein Freund", gab sich der Pathologe sichtlich erleichtert,

und Pauli überbrachte ihm die Bitte seines Chefs, er möge sich zu einer gemeinsamen Fallbesprechung einfinden.

„Kann ich mir vorher noch etwas anziehen?", fragte der Pathologe scherzhaft, und Pauli nickte mit einem gequälten Lächeln, denn ein schrecklicher Verdacht tat sich gerade bei ihm auf.

„Wir sehen uns dann in ein paar Minuten", sagte Pauli und verließ eilig die Pathologie, um den anderen seinen Verdacht mitzuteilen.

*****

„Vielen Dank, dass Sie gekommen sind, Dr. Winter", begrüßte Chris den Pathologen, *„oder soll ich Bodo von Heimerath sagen?"*

„Sie wissen es schon", sagte der Pathologe, *„Respekt!*

Ich nehme an Ihr schwuler Kollege hat sie über meine verräterische Tätowierung informiert."

Chris und Fanni sahen einander an. Dass Pauli schwul sein sollte, davon wussten sie nichts. Als Chris zu Pauli sah, sagte dieser:

„Ja, ich bin schwul. Ich wollte es euch schon lange einmal sagen, habe aber nie den Mut dazu aufgebracht."

„Woher kennen Sie das Zeichen der Legion?", fragte der Pathologe Pauli.

„Mein Onkel war dabei", antworte Pauli, der sich gerade nicht besonders wohl fühlte.

Fanni dürfte dies bemerkt haben, denn sie legte ihre Hand auf Paulis Arm und sagte:

„Es ist alles gut, Pauli."

Chris nickte zur Bestätigung kurz in Richtung Pauli, wandte sich dann dem Pathologen zu und fragte:

„Haben Sie Marianne Ziegler, Manfred Brunner, Franz Jung und Margot Heuß-Weißenthaler ermordet."

„Ja!"

Die Antwort des Pathologen kam ohne Umschweife aus seinem Mund, und man hätte meinen können, dass ein gewisser Stolz in seiner Stimme dabei mitschwang.

Die drei Kriminalbeamten waren erstaunt, dass der Pathologe erst gar nicht versuchte die begangenen Morde zu leugnen.

„Können Sie uns die Tathergänge schildern und uns etwas zu Ihrem Motiv sagen?", fragte Chris weiter, und der Pathologe antwortete:

„Ich werde Ihnen jetzt meine Lebensgeschichte unter zwei Bedingungen erzählen:

„Ersten, Sie unterbrechen mich nicht, bis ich am Ende bin, und zweitens, ich darf dabei rauchen."

Obwohl absolutes Rauchverbot herrschte, stimmte Chris zu. In Ermangelung eines nicht vorhandenen Aschenbechers, trank Chris seinen Kaffee aus und schob die leere Tasse zu dem Pathologen hin.

Und dann legte ein vierfacher Mörder eine Lebensbeichte ab, welche an Dramatik kaum zu überbieten war:

„Eigentlich sollte es mich gar nicht geben. Ich wurde als Sohn des Baron und der Baronin von Heimerath geboren. Meine Mutter hätte mich – nach meiner Geburt – am Liebsten wieder dahin zurückgeschoben, von wo ich gekommen war.

Als Kind wuchs ich unter der Obhut unserer Hausdame auf, die auf den Namen Michaela Winter hörte. Sie gab mir all die Liebe, die ich mir so sehr von meiner Mutter gewünscht hätte.

Mein Vater war ein schwacher Mensch und stand völlig unter der Herrschaft seiner Ehefrau.

Ich habe in dieser Zeit sehr viel geweint. Als ich keine Tränen mehr hatte, wandelte ich meine Trauer in Hass um.

Zu Beginn meines schulfähigen Alters wurde ich in ein Internat gesteckt. Um mir den Aufenthalt schmackhaft zu machen, bekam ich ein <Kingsley-Fahrrad> von meinem Vater geschenkt.

Dieses Rad sollte später eine nicht unwesentliche Rolle spielen.

Bedingt durch die großzügigen finanziellen Zuwendungen meines Vaters wurde ich von der Schulleitung und den Unterrichtskräften hofiert, was zu Problemen führte, weil es Neid bei einigen Mitschülern hervorrief.

Ich hatte das große Glück, dass der Sohn des Hausmeisters, ein kräftiger Bursche, mein Beschützer wurde. Natürlich gegen entsprechende Bezahlung.

Geld hatte ich immer genügend. Mein Vater erkaufte sich, bei den wenigen Besuchen, die er mir abstattete, ein reines Gewissen damit.

Am Schlimmsten war es, wenn ich in den Ferien, wie Ostern und Weihnachten, nicht nach Hause durfte. Meine Mutter wollte es nicht, und mein Vater hatte sich zu fügen.

So vergingen die Jahre, und mit der Zeit lernte ich mich damit abzufinden. Als ich mit 15 Jahren auf

Berni traf, veränderte sich mein Leben auf einen Schlag.

Berni kam in das Internat, weil seine Mutter gestorben war, und weil sich sein Vater nicht um ihn kümmern konnte.

Ich habe mich sofort in Berni verliebt und er in mich. Wir wussten am Anfang gar nicht, was in unseren Körpern vor sich ging.

Wir mochten es ganz einfach so viel wie möglich Zeit gemeinsam zu verbringen. Während die anderen Schüler ihre freie Zeit mit dem Konsum von Alkohol und Zigaretten verbrachten, fanden wir unsere Freude bei Spaziergängen oder Radtouren in die nähere Umgebung.

Nach ein paar Monaten haben wir uns zum ersten Mal geküsst. Das Erforschen unserer Körper und die damit verbundene Erregung ließen uns zusammenschmelzen, und an meinem 16. Geburtstag haben wir uns zum ersten Mal geliebt.

Es war den anderen nicht verborgen geblieben, dass wir uns absonderten, und ihr Spott verfolgte uns auf Schritt und Tritt.

Aber wenn wir dann allein waren, dann lebten Berni und ich in einer eigenen, anderen Welt. Wir waren dann wie zwei Raupen, die sich in einem Kokon befinden, um sich auf ihr Dasein als Schmetterlinge vorzubereiten."

Die drei Kriminalisten hörten dem Erzähler gebannt zu, und Fanni musste sich immer wieder in ihr Gedächtnis rufen, dass da gerade ein Mann seine Lebensgeschichte erzählte, der vier Menschen auf grausamste Weise ermordet hatte.

„Als wir wieder einmal unser Liebesnest aufsuchten, es war ein kleines Wäldchen nahe der Autobahn, die es damals jedoch noch nicht gab, wurden wir zufällig entdeckt.

Manfred, Franz, Ewald und Margot waren an diesem Tag ebenfalls mit ihren Rädern unterwegs. Es war eine schlimme Clique, welche die anderen, vor allem jüngere Schüler gern drangsalierten.

Als sie in unserer Nähe vorbeikamen, entdeckte Manfred mein Kingsley-Fahrrad. Er wusste sofort, dass es mein Rad war.

Sie schlichen sich heimlich an und entdeckten uns. Margot hatte ihren Fotoapparat dabei und fotografierte uns in einer verfänglichen Situation.

Als sich Berni dagegen auflehnen wollte, hielten ihn Manfred und Ewald fest, während Margot weiter den nackten Berni fotografierte. Als ich Berni zu Hilfe kommen wollte, hielt mich Franz, der kräftigste zurück.

Ich musste hilflos zusehen, wie Berni versuchte seinen schmächtigen Körper zu bedecken, was die beiden aber nicht zuließen.

Es dauerte eine Ewigkeit, bis sie endlich von ihm abließen und lachend davon radelten. Berni hatte sich zusammengekauert, wie ein kleines, frierendes Hündchen.

Er weinte bitterlich. Ich stand nur daneben, hilflos und ohnmächtig vor Wut. Ich wollte Berni in meine Arme nehmen; konnte es aber nicht.

Stattdessen zog ich meine Kleider wieder an, setzte mich auf mein Rad und fuhr in Panik davon.

Nur wenige Tage später hingen kompromittierende Bilder von zwei nackten Kindern am schwarzen Brett des Internats, die unzweifelhaft sexuelle Handlungen an sich vornahmen.

Am nächsten Morgen fand man die Leiche von Berni, der sich vom Ostturm des Internats zu Tode gestürzt hatte.

Er hatte mir noch einen Abschiedsbrief geschrieben, den ich in meiner Hauspost vorfand. Er bat mich darin um Verzeihung, dass er mich in diese schreckliche Situation gebracht hatte.

Als ich den Brief gelesen hatte, wuchs mein Schuldgefühl ins Unermessliche, hatte ich ihn doch schändlich im Stich gelassen.

Mein Vater, der benachrichtigt worden war, kam sofort herbei, um die Dinge auf eine diskrete Art zu regeln.

Danach hieß er mich ins Auto zu steigen, um mit ihm in mein Zuhause zu fahren, das mir so viele Jahre verwehrt geblieben war.

Ich ging weiter zur Schule und legte mit 19 Jahren am Gymnasium meine Reifeprüfung ab. Danach schlich ich mich heimlich fort, meldet mich bei der Fremdenlegion, und kam in eine <Compagnie de Combat>.

Den Tod meines geliebten Berni hatte ich die ganze Zeit über wie einen schweren Rucksack mit mir herumgeschleppt.

Jetzt war es Zeit ihn abzulegen. Ich ging zur Legion, um den Tod zu suchen als Buße für meinen Verrat an Berni.

Doch der Tod hatte kein Interesse an mir. Nach 5 Jahren wurde ich, ausgezeichnet mit mehreren Orden, als <Sergent Michael Winter> entlassen.

Ich hatte inzwischen einen französischen Pass, beherrschte die Sprache nahezu akzentfrei und immatrikulierte an der Sorbonne für Medizin und Philosophie. Für beide Studienrichtungen machte ich später meinen Doktor. Und den Rest kennen Sie ja bereits."

Der Pathologe machte eine Pause. Er zündete sich eine weitere Zigarette an und starrte ins Leere. Er wirkte erschöpft; es war, als hätte er das Erzählte gerade noch einmal hautnah erlebt.

„Warum diese Morde?", fragte Chris.

Der Pathologe machte einen tiefen Zug mit seiner Zigarette und erzählte weiter seine Geschichte:

„Ich hatte mein altes Leben abgestreift, wie eine Schlange, die sich gehäutet hat, und alles lief in geordneten Bahnen.

Mein Eltern kümmerten mich nicht, wie weiland sie sich auch früher nicht wirklich um mich gekümmert haben.

Was meine sexuelle Präferenz angeht, so habe ich mich auch heterosexuell ausprobiert, bin aber immer wieder zu den Homosexuellen zurückgekehrt. Es waren aber immer nur flüchtige Aktionen; etwas Festes wollte ich nicht. Ich hatte meine große Liebe verloren und ihr wollte ich treu bleiben.

Alles war gut, bis zu jenem Tag, als mir die Vergangenheit einen heftigen Schlag versetzte. Ich entdeckte in einem Journal einen Bildbericht über das 100-jährige Bestehen meines früheren Internats.

Und dann sah ich ihn. Franz Jung, der Mensch, der mitverantwortlich am Tod von meinem Berni war. Er grinste braungebrannt, mit einem Glas Champagner und einer Zigarre in der Hand in die Kamera.

Er war inzwischen offenbar Vorsitzender irgendeines Komitees in Verbindung mit dem Internat.

Jetzt kam alles wieder hoch. Ich googelte seinen Namen und wurde zu einer offiziellen Website geführt, welche sich <Freunde und Ehemalige des Internats

Hohenstein> nannte. Und Franz Jung war ihr Präsident.

Und dort entdeckte ich dann auch Margot und Manfred. Die drei waren offenbar – auch nach dem Internatsaufenthalt – unzertrennlich geblieben.

Ewald Zeitler war nicht dabei. Zu jenem Zeitpunkt wusste ich noch nichts von seinem Unfalltod.

Alles, was ich bis zu diesem Zeitpunkt im hintersten Winkel meiner Seele eingemauert hielt, drängte plötzlich mit aller Macht nach draußen.

Ich sah die Bilder eines hilflosen, um Gnade bettelnden, nackten Jungen, auf den sich Spott und Häme ergoss, und ich sah den traurigen Blick desselben Jungen, der sich mit einem Sturz in die Tiefe seiner unendlich großen Scham entzog.

Und wieder fühlte ich – wie vor vielen Jahren – wie mir der Schmerz das Herz aus dem Leib riss, und ich fühlte Wut und Hass und den Wunsch nach Vergeltung.

Ich wollte, dass diese Monster den gleichen Schmerz empfinden sollten, wie ich ihn damals empfunden habe. Und sie sollten genau so um Gnade betteln wie damals mein Bernie.

Und so wie Berni damals sein Leben lassen musste, weil er die Schande nicht ertrug, so sollten auch sie ihr Leben lassen als Buße für ihre frevelhafte Tat."

Der Pathologe machte wieder eine Pause. Er zündete sich eine weitere Zigarette an und blickte in die Gesichter der Kriminalisten, aus denen ihm eine Mischung aus Erstaunen und Unverständnis entgegenblickte. Dann erzählte er unaufgefordert weiter:

„Ich habe – dank der angeführten Telefonnummern meiner früheren Mitschüler auf der Website – Kontakt zu ihnen aufgenommen und sie nacheinander zu dem kleinen Wäldchen bestellt.

Als Begründung habe ich den Wunsch nach Aussöhnung angegeben, und alle drei haben zu meinem größten Erstaunen spontan zugesagt. Ich hätte nicht gedacht, dass es so einfach sein würde.

War es der klingende Name – ich habe mich als Bodo von Heimerath bei Ihnen gemeldet – oder einfach nur Neugier, ich weiß es nicht. Ist aber auch völlig egal.

Erst eine versöhnliche Umarmung, ein Glas Champagner, etwas Kaviar, versetzt mit einer lähmenden Substanz, und dann mein Racheakt.

Ich habe mit einem Dolch, ein Erinnerungsstück aus meiner Zeit bei der Legion, das Dreieck – im Bereich ihres Herzens - in ihre Haut geritzt und dabei in ihre schmerzverzogenen Gesichter geschaut.

Und ich habe ihre unausgesprochene Bitte um Gnade gehört, die ich ihnen ebenso wenig gewährt habe, wie sie damals meinem Berni.

Ich habe geweint, weil ich an Berni denken musste.

Dann habe ich ihnen mitten hinein durch das Dreieck in ihr Herz Cumarin gespritzt, damit sie ihren Tod langsam miterleben können."

„*Was ist mit Marianne Ziegler?"*, fragte Chris, „*wie passt sie in das Bild?"*

„*Gar nicht"*, antwortete der Pathologe lächelnd, „*sie war quasi mein <Elch-Test> und gehörte eigentlich nicht dazu."*

Fanni war aufgesprungen. Sie ging auf den Pathologen zu und schrie laut:

„*Sie zynisches, arrogantes Arschloch. Marianne Ziegler war ein Mensch und kein Auto!"*

Während sie das sagte, hieb sie auf den Pathologen ein, der das ohne Gegenwehr geschehen ließ.

„*Was sind Sie nur für ein Mensch"*, schrie Fanni weiter mit Tränen in den Augen und der Pathologe antwortete:

„*Ich habe schon vor sehr langer Zeit aufgehört ein Mensch zu sein."*

„*Was hatte es mit dem Dreieck auf sich?"*, versuchte Pauli seine Neugier zu stillen, denn für den Fall als solches war dies nicht mehr relevant.

„Im Gedenken an eine Frau, die vorgab meine Mutter zu sein."

Danach herrschte betretenes Schweigen. Fanni weinte noch immer, sie musste an den Vater von Marianne denken.

Als konnte der Pathologe ihre Gedanken lesen, sagte er plötzlich:

„Im Gegensatz zu meinen Mitschülern, musste Marianne Ziegler nicht leiden. Sie war schon tot, bevor ich das Dreieck in ihre Brust ritzte."

„Sie werden für Ihre Gräueltaten sehr lange büßen müssen", sagte Chris.

„Dazu wird es nicht kommen", antwortete der Pathologe, „ich weiß, was mit Homosexuellen im Gefängnis passiert."

Mit diesen Worten griff er in seine Tasche und entnahm ihr eine kleine Kapsel. Bevor er sie in den Munds steckte, um sie zu zerbeißen, sagte er zu Pauli gewandt:

„Ich war mir nicht sicher, ob Sie meine Tätowierung entdeckt haben und ob Sie wüssten, was sie zu bedeuten hat. Da habe ich mir vorsorglich etwas mitgebracht."

Kurz darauf, nachdem der Pathologe auf die Kapsel gebissen hatte, wurde offenbar, um was es sich handelte.

Ein feiner Bittermandelgeruch zeigte an, dass ein Mensch, der irgendwann beschlossen hatte, keiner mehr zu sein, sich der irdischen Gerechtigkeit entzogen hatte.

Nachdem die Leiche weggeschafft worden war, bat Fanni ihre beiden Kollegen dem Minister nichts darüber mitzuteilen, dass der Tod seiner Tochter nur ein „Testlauf" für ein geplantes Verbrechen war.

Und als Pauli die Sache mit seiner offengelegten Homosexualität ansprechen wollte, sagte Chris:

„Bitte nicht, Pauli, für heute ist es genug. Und wenn du mir versprichst, dass du mir nicht zu nahekommst, habe ich kein Problem damit, und wir müssen nicht weiter darüber reden."

„Du könntest uns aber auch auf ein Bier bei Herta einladen, dann wärst du auf der sicheren Seite", fügte Fanni lächelnd hinzu.

Chris war sehr froh darüber, dass sein „Dream-Team" die vorangegangene Lebensbeichte eines menschlichen Wracks gut verarbeitet zu haben schien und sagte:

„Dann lasst uns zu Herta gehen auf ein Krügel und ein Gulasch!"

*****